變 的規律與密碼

小說篇

吳復國　著

 金石光點　出版

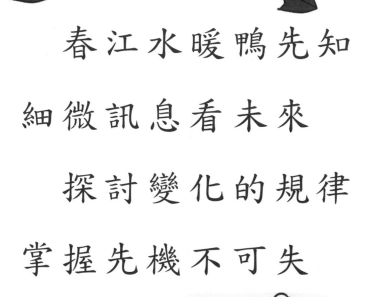

春江水暖鴨先知

細微訊息看未來

　探討變化的規律

掌握先機不可失

来追我鴨

變 的規律與密碼 小說篇

目錄

序

前言

　　我相信很多人一談到（變化），臉就開始綠了。心開始慌手腳也開始亂。所言道:計畫趕不上變化，變化趕不上老闆的一句話。其實這句話是真理，我們不能當它為茶餘飯後的閒聊話語。大家試想一下，老闆會把自己的船，開到一個旋渦裡面嗎？所以風聲不對，他改變計畫是天經地義的事。如果你一再怪他，那錯在於你不是他。

　　那我們要如何來訂定一個，有前瞻性的好計畫。這樣縱然碰到老闆見風轉舵，你也可以馬上端出 B 計畫出來。

第一　徹底認清老闆的計劃目標及理想在哪裡。

第二　公司的資源和優勢在哪裡。

第三　外圍的機會與障礙有哪些？

大家不要以為，我們把上面三件事項收集完成。這樣就可以萬無一失，完美的完成整套計畫。如果任何一個計畫，只要可以預期的去做，就可以完成他。那這個世界上就不會有變化這個名詞出現。但是事實上，變化就是存在於我們日常生活中。既然我們跳不出變化的魔咒中，我們何不把他看成是朋友，分析他、了解他、讓他成為我們的助力。

　　本書的宗旨就是要讓大家了解，變化他是有邏輯性的。也讓我們可以嘗試的去控制和預測，變化它的奧妙之處。

緣起

　　個人 25 歲上尉退伍，因為在社會上混得不好，26 歲想轉考教育行政公務人員特考。在準備特考的過程中，為了把歷年來很多很雜的教育宗旨背下來。然後就想先找出教育宗旨的最基本精神是什麼，如此應該比較好背。但是在找教育最基本的精神過程中發現，雖然歷年來教育宗旨多變化，可是萬變不離其宗，這一切都還是在回歸教育的精神之下。然後又讀到，美國著名的教育學家杜威的教育無目的論。霎那間！心中想這不是前後大矛盾嗎？難道這個就是變化現象嗎？這時腦海中突然想到量變達到質變的哲理。嘿；好像也不對，如果量變就達到質變，那萬變不離其宗也是矛盾的。這邊也矛盾、那邊也矛盾，讓我矛盾了好幾個禮拜。在最後一天考完試騎摩托車回家的路途中，突然被電了一下叫一聲>>>阿！量與質中間加一個元素，不就可以圓滿的解釋變化所有的現象。所以我也是站在巨人的肩膀上，才看到變化這個奧妙的世界。

完勝　變化邏輯

　對的！學邏輯很難很枯燥。難道就沒有好方法好工具，可以來駕馭他嗎？有的！孫子曰善戰者:先為不可勝，以待敵之可勝。這句話用在抽象的邏輯學習上，你一定會覺得很奇怪。其實也沒什麼，就是好吃的、簡單的先吃先做。我們在戰場上，也不要以為我們人多、武器好，就盲目的投入戰場，這樣慘敗的機會很大。所以研讀這本書，不要以為他是小說走馬看花看一戰就要完勝搞定他。也就是說當你看第一次不懂的地方跳過去，或是休息一下沒關係，這就是先為不可勝（尤其 48~58 頁比較抽象複雜，看一遍不懂的話不要急，不要掛在心上，先往下看在講）。我們把不懂的地方畫起來，這就是好吃的、簡單的先吃先做。第二次閱讀就是把不懂的地方，跟懂的地方去比對，這樣你會有新的看法，這樣你也就可以漸漸的進步，達到完勝的目標。

完勝變化邏輯有什麼好處。

1. 讓你對事物的判斷力快又準，可以達到先知先覺的境界。

2. 在長遠的計畫執行中，容易找到盲點與缺點。

3. 一個團隊如有共通的認識變化邏輯，(1)大家溝通會很清楚 (2)定位也可很明確 (3)並可提早的認知危機共識點，達到超前部署的工作。

祝福大家有很多諸葛亮可以共謀大事，完成真善美的事件。

每大章節後面會有

另類觀點的 申論題練習

歡迎你提出問題的新觀點

上傳到 變化邏輯研究會FB 社團

變 的規律與密碼 小說篇

變的小軼事

在數萬年前，我們的老祖宗的排列裡面，就有一個叫做（老君）。

而這數萬年來他在地球上，創設了很多世間道理。也可以說，他算是我們世間道理的創設者或是先知者。我們也慣稱他為（道祖）。

大約 2500 多年前，他來到愛情海區域遊玩。看到一個長滿鬍子的中年人，在自己的後花園裡，面對的一堆木材和幾張桌椅，發呆了許久。老君看了就隱身的靠近，就用讀心術了解，這位中年人的心思，原來他在想這些木材什麼因素？讓他變成是桌椅。這時有一隻鳥飛到桌子上，要吃桌上的東西。主人立即走過去要趕走那隻鳥。但不小心踢到地上的木材。腳很痛他就坐下來想。

我先要有桌子的需求，然後再想，我要做成什麼樣的桌子，再來就是去找木材或其他材料來製作。最後就是按照自己的理念完成一個作品與目標。

他想這樣新事物不就是轉變出來了，原來是轉變由這 4 個因素構成的。1 目的因素、2 形態因素、3 材料因素、4 動力因素。

他轉頭看看旁邊的花盆，不也就是按照這四個程序來完成了嗎？眼前的房子、遠方的馬車、、、都一樣啊。（註一）

太上老君在他的背後，用心電感應他的想法。然後拍拍手說：很棒很棒，主人驚訝地回頭即問：請問你是誰，來這邊做什麼？

　　我是來自東方，大家都叫我老君或是老頭子，因為那隻鳥很漂亮我就一邊欣賞一邊它跟著過來。可以請問您大名嗎？

　　主人回答：我叫做亞里士多德（西元前 384 年~前 322 年），我喜歡研究自然界一切事物的邏輯現像或是規則。

　　老君微笑的對亞里士多德講：你以後會是一個很有成就的人，先恭喜你。

　　這時桌上那隻鳥叫不停，亞里士多德轉頭過去看那隻鳥。但他再回頭發現老頭子不見了。內心感觸好像在做一場夢。

　　老君離開了希臘，又雲遊到中國。他突然間想吃豆腐，所以把時光機調到漢朝。這時他飄遊到一家香味四溢的高檔食堂前面，走了進去點了豆腐和一些小菜。他一邊吃小菜一邊聆聽週邊食客聊天的內容。恰巧隔桌食客正熱烈又精闢地聊著易經的奧妙。

　　老君在旁邊聆聽了一段很長時間，直到食客們站起來想散席。老頭子立即站起來開口詢問：請問易經會不會很難懂。

　　有位食客即時回答你運氣很好，並說這位鄭玄先生是當今年研究易經的大學者。老頭子立即開口問：請教鄭先生有空嗎？我可以簡單的來認識易經內涵嗎？（鄭玄 127 年－200 年今山東省高密市人）

鄭玄的朋友都說他們有事要先離開。接著老頭子就邀請鄭先生同桌暢談一番，因為老君看起來就像是一位很老的長者。所以鄭玄也很客氣的與老先生對答。

　　鄭玄答：易經是一部古老經典它博大精深、包羅萬象。要學習可以先從認識易經總體內涵的三義精隨。簡易、變易、不易。

　所謂（簡易）就是世間事物雖然包羅萬象、變化多端，但它有一個最終又簡單的基本規則，也就是大道至簡、萬法歸宗的運行之道。

　第二個（變易）是說任何事物，無時無刻都在變動之中永不停歇，只是他的變動時間快或慢而已。

　第三個（不易）看起來會跟變易是矛盾的現象實則不然。有如我們吃的穀物，只要依照自然的法則在變，但他也是不變的。所以我們明年一樣可以吃到這種穀物。

　因此認識易經總體的簡易、變易、不易三義精隨。再學易經內涵，我們會比較容易與日常生活中的大小事融會貫通。（註二）

　　此時有一個人走到鄭玄身邊，告知鄭先生家裡有位陳大人已到在大廳等候。

　　老頭子聽到了說：鄭先生你有事先忙，非常感謝你剛才一番的開導。老頭子吃完小菜與豆腐，也離開這食堂回到天堂自己的住所。

　　其實老頭子都知道這一些變化的邏輯，他只是下凡人間要了解現在人世間對變化了解多少了。現在他想回天庭再閉關修練一下。

過了數刻鐘（天上一刻鐘人間已經數世紀了）。老君又下凡到人間遊玩，這回他來到歐洲各地遊歷。

一天他坐在公園椅子上休息，就聽到隔壁兩個年輕人聊天說：我們工人一個人當然沒有力量，但是我們把全部工人集合團結起來，就可以跟老闆討論工資的問題。這就是現在很流行的（量變達到質變）的問題。

老頭子聽到他們講變的事情，耳朵立即豎起來，心裡正想要過去跟他們聊一聊。但馬上又想到，他們兩個不是講這個理論的原創者。老君屈指一算這個理論有詬病，如果量變就質變的話，那長時間下來原始的物質不就全部都改變了。

老頭子心想再等等看，因為他覺得人類文明已很發達了。也應該到達了，摸清楚變化邏輯規則的時代。

註一： 請上網查亞里士多德的四因說，會有更詳細的解釋。

註二： 請上網查鄭玄易經內涵的三義精隨。

永遠存在的迷惑---新知錯覺

老君一樣還是在歐洲，他換了一個國界。他到一個河岸邊有草皮的地方，看到兩個青少年坐在那邊聊天。老君從他們右後面走過來，並告訴他們小心，有一條蛇正在他們左邊要往水裡面跑，叫他們要小心一點。兩個青少年嚇了一跳都站起來。

老頭子告訴他們，那個是水蛇沒有毒。我剛才有聽到你們在講牛頓的萬有引力只有對一半。對不起我不太了解對一半的意思，可不可以幫我解釋一下。

有一位穿黃色衣服的青少年說：我們老師上課說：牛頓被蘋果砸到，而發現世界上的東西都有互相的引力存在。所以東西會往地上掉，這個叫做萬有引力的作用。

但是法國的孟戈菲兄弟就做了一個大氣球升上了天空。所以萬有引力並沒有全對，因為這樣我才說萬有引力只有對一半。

老君向這位黃衣服的青少年拍拍手說：你做的很棒。懷疑是研究任何新事物的開始，我們學習任何新的學問，都需要回歸到這個世界上，再套回已發生的現象做對比或驗證。

如果套用與對比有產生矛盾，那你更需要花心思去找矛盾問題點。這樣你會得到有兩種收穫，一種是你學到你以前沒有注意的新知識，另外一種是你會和牛頓一樣成為一個偉大的新物理學家。

老頭子笑著對年輕人說：聽不懂對不對，好我們來分析一下。雖然牛頓說萬物皆有引力，但兩件不同的物品，地心引力就會對他們產生不同的吸力，密度比較高的地心引力作用就會比較強，也就是你會感覺比較重。

如果兩件物品同在一個沒有阻礙可流動的空間裡面，密度比較高的物品，就會下沉靠近地面。相反的密度較低的就會被排擠到上面去。比如熱空氣會比較輕，如果你把它收集起來就可以像孟戈菲兄弟做的氣球升上天空了。

所以牛頓的萬有引力和熱氣球升空的比重理論是不衝突的。這種情景就很像一棵樹，樹有主幹也有枝幹。萬有引力就是主幹，比重理論就是枝幹。我們也可以說，在大原則之下還有小原則的存在。

年輕人你很有天份很有觀察力，剛才我也覺得你很認真在聽講，學習新知識一定會碰到問題，我把這個問題叫做新知錯覺，也就是說學習新知識，碰到問題要繼續的尋找解決方案不可以放棄。

這時穿黃色衣服的少年開口問：老師解釋的好詳細，請問老師有在哪裡上課。

老頭子回答：我沒有在教課，我也住在很遠的地方，今天是路過這邊玩的。我希望你繼續保持著一種好奇心，碰到新問題不要退縮，這只是一種錯覺而已。我需要離開繼續往前走，以後有機會我們可能會再碰面。兩位再見。兩位年輕人也與老先生說再見期盼後會有期。

11

一. 變化現象是否存在

台灣某一處美麗湖邊的大石頭上，坐著一對青梅竹馬的中年夫妻。

老婆開口說:你看遠處的山、眼前的湖、還有這個大石頭，從我們小的時候看到現在都沒有變過。你看這個世界好像都停下來不會改變，就是不知道你的心，有沒有在變。

老公說: 如果這個湖都乾了、世界的海也枯了、這一塊大石頭也爛了。我會先轉頭看看你的眼神，有沒有在愛我。如果那個眼神跟現在一樣，那我的心也是一樣愛著你。

這時他們讀高二的大兒子康龍，從後面走過來說:爸爸海枯石爛四個字就可以形容，你講了一大串很沒有羅曼蒂克。

爸爸說: 你怎麼可以在人家背後偷聽人家講話。

康龍:是你們講話太大聲，不信你問弟弟妹妹有沒有聽到。

康龍又問:媽媽剛才有說這個世界，都停下來不變。然後又說爸爸你的心有沒有變。爸爸那這個世界，是變的世界還是不變的世界。

媽媽回答: 當然所有的東西都會變，只是變的時間長或是短。

康龍:所有的東西都會變，那萬有引力和$1+1=2$為什麼永遠不會變。

爸爸:對!這個世界上有變的存在，也有不變的存在。但爸爸媽媽都不是學物理的，你要不要去問你的物理老師看看。

　　康龍閉著眼睛皺個眉頭想了一下，回頭又去看弟弟妹妹一起玩小蟲。但他的心裡還在想著，到底變與不變有什麼關係存在。他們是兩個東西分開的嗎？還是一個東西兩個面相呢？

　　這時爸爸小聲的向媽媽說：以前小孩問問題我們隨便都可以答得出來，以後可能越來越頭痛。

　　全家人開車回家的途中。康龍突然問爸爸：爸爸笛卡爾的我思故我在你聽過嗎？

　　爸爸：有，但只知道大概的意思。

康龍：那我們剛才辯論那麼久的變與不變，是不是證明變是存在自然界裡面。

　　爸爸：自然界裡的變化，我也肯定是存在的。但是他與卡爾的我思故我在，是不是同等意思我不敢肯定。

　　康龍心裡想既然變化是存在，那他是否有規律存在。

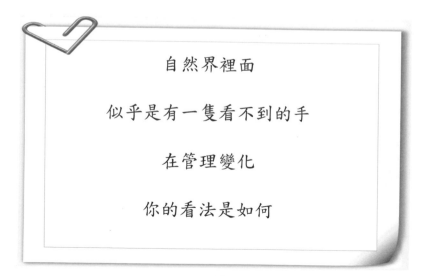

自然界裡面

似乎是有一隻看不到的手

在管理變化

你的看法是如何

13

二.有變化定律存在嗎

　　鄉間的小路上，一個清涼的下午康龍，漫步在三芝的田邊小路上。巧遇田邊剛好有 3 位大專學生，在看水圳裡面的魚群。

　　康龍也不約而同和他們一起觀賞小魚群，然也問他們那是什麼魚。

　　同學回答不知道，然後又說只感覺它們很有活力動來動去。喔！再請問一下在田裡面種的東西是什麼？

　　一位可愛的女生回答那個是稻子，但是另外兩位男生用奇異的眼光看著我。感覺我是來找碴的。

　　我又問:稻子不是一顆顆黃色的，怎麼有白色的稻子。

　　有一個男生急的回答我，那個白色的是稻子的花，過兩天他就會變成一顆黃色的稻穀。

　　這個男生又問:你是住在城市裡面長大的嗎？

　　康龍微笑的點點頭，然後說聲謝謝，繼續的往前走。

　　走沒多久路邊就有一間小廟，他就進去逛一逛。一走進去看到一位像是廟公的老先生，坐在一張桌子旁邊，兩個人就互相地點頭打個招呼。

　　康龍好奇的問:先生請問你知道稻子開花大概多久的時間。

　　廟公:如果是單一朵花大概 1 天，因為他們是雌雄同株，哪一支稻穗大概是 7 到 10 天左右。

　　康龍又說:大自然好奧妙，我們今年把大部分的稻穀吃完，留下少許的稻穀當種子，年復一年都可以有稻穀吃。大自然一定有一個變化定律是存在。

這時廟公似乎變了一個人，較高亢的開口說：對！自然界裡確實有一個共同變化定律存在。也就因為有這定律存在，所以我們可以依定律，像 copy 機一樣，複製出你原來的等同東西。

康龍：但是種稻米有種稻米的程序定律，養雞的人家有養雞的程序定律。兩種定律是不一樣的，我們不能說它有一個共同定律存在。

這時廟公說：如果有一個共同的定律存在的話，那這個世界會變成怎樣呢？廟公停下來看著康龍等他回話。

康龍想了一會兒回答說：不知道會怎樣，如果善良的人用了，那這個世界會更美好。但我更期盼心術不正人，用了這個共同的定律，可以徹底明瞭大家共好是最理想。

原來廟公問康龍這段話，是要了解康龍的人生智慧內涵。

廟公笑一笑回答：當然有的共同的定律存在。

康龍急得開問：可以請先生教一點這方面了知識嗎？

這時廟公手機響了，他接了手機立即說:好我現在馬上就趕過去。

廟公看康龍用手指另外一張桌子，然後廟公立即就跑了出去。

康龍走到另外一張桌子，看到桌上有一張

15

紙。那一張紙是對折，上面寫著康龍先生收。他把紙張打開上面寫著，下星期天上午 10 點，我們在八里觀音路口站牌的河岸邊會面。

康龍反覆的一直看這張紙，內心又納悶又驚訝的想，他怎麼知道我的名字，而且還知道我會進到廟裡來。

康龍回到家立即打開電腦，查詢八里觀音路口站牌位置以及公車路線的安排。到了星期六的下午他又重新再複查了一次。

星期天早上，康龍的父母親看他一起床就帶著一份緊張又興奮的心情。吃早餐的時候爸爸就問他：今天是不是有事要出門。他微笑的點點頭。

他高興的來到八里觀音路口站牌，然後再往河岸邊走。但並沒有看到廟公先生，大約找了 10 來分鐘才遠遠的看到，一個帶著與漁夫帽的白頭髮先生坐在水岸邊，他立即慢跑的過去。

到廟公先生前面他立即開口：對不起！對不起遲到了幾分鐘。

廟公說：你不怕張良的事件重新再演一次，要你下個禮拜重新再來嗎？

康龍立即變成緊張的說，我以為公車很好等，又以為下車就可以找到了。

廟公看康龍緊張的樣子：好這次就原諒你，你學習變化要記住這第一堂課的錯誤，（誤算前置量）。好，今天你想問我什麼？

自然界裡面

縱然是有一隻手　在管理變化

但他已經管理了千千萬萬年

他必然已經養成

很多自然反射的定型次序

我們不妨來猜猜看

他定型的的手法是如何

請大家提出您的觀點

三. 變與不變共存的邏輯

康龍: 前輩請問一下, 世界上有很多變的事項, 例如上個禮拜我們有講水稻變的規則, 但是世界上也有很多不變的事項, 例如萬有引力和 $1+1=2$ 為什麼永遠不會變。

那事情會變和不會變, 都存在這個世界上, 這個邏輯不是很矛盾嗎? 想請教一下前輩這個矛盾問題。

廟公微笑的看著康龍說: 變與不變他們是共同一體存在的。(變)不能離開(不變), (不變)也不能離開(變)。

康龍疑惑得嘴巴微微的張開, 隔了幾秒向廟公搖搖頭

廟公微笑的問: 哪裡不懂?

康龍:我不能講我是康龍, 我又不是康龍。

廟公:你講的康龍是以一個整體來看, 我們可不可以把一個整體裡, 看成有兩個面像。一個是內在、一個是外在。

譬如水分子的結構就是內在, 你看到的冰、水、氣體就是外在。我們也可以說不變是一個大範疇, 變是這個大範疇裡面的小範疇。所以變與不變要合成一件事來看。

變不能離開不變, 不變也不能離開變。一但兩者脫離, 那件事物就失去意義, 或是不能存在。變與不變的共存, 你現在可能很難完整的體會出來, 你不用急, 有信心的再研究下去你就會體會出來。

你現在的心理現象叫做（新知錯覺）。這個問題你後面還會發生，你記住有（新知錯覺）這個詞就好了。

　好！你看看河的對岸，有一條長長平平像是一塊小平原，那是什麼地方你知道嗎？

康龍：　那個是淡水線的鐵軌。

廟公：　對。但是現在正改建成淡水捷運列車線。

　　廟公：好！我再問你，有捷運鐵軌的列車，可以在路上跑嗎？

　　康龍：不能

　　廟公：同樣的，路上車輛也是不能在捷運的軌道上跑。你眼前看到的船，也是只能在河上面走。

　　康龍還是皺著眉頭不太懂。

　　廟公：　好你把眼睛閉起來，你用抽象的想法

19

來想一下，我剛剛講的這三個例子，其實你可以看成兩個東西共同的存在。

　一個是被設計好的軌道，一個是在這軌道上變化或移動的物體。軌道被設計好了以後就不能再變，但是軌道上面的物體隨時可以移動或變化。

　康龍張開眼睛問：那所有的軌道，我們是不是都是看得見它？

　廟公：你這題目問得非常好，我也感覺你開始有進入狀況。你現在心裡是不是想到，有一種東西它是看不到的軌道，但是它是依自己的軌道在變化。

　康龍：您好屬害，我的心事都被你看了一清二楚。

　廟公：那你就說出來我聽聽看。

　康龍：譬如一粒稻穀，你把他送到田裡面，以他的特性來操作，那稻穀的 DNA 就會依照自己的軌道長成一株稻穗。

　廟公哈哈的笑：聰明、聰明。好我再問你，養雞場裡面是不是有軌道的存在。那沒有軌道他會怎樣。

　康龍突然之間傻眼了，停頓了 3~5 秒鐘回答：養雞場裡沒有軌道，這樣養出來的雞品質數量可能很差。

　廟公微笑的說：我以為你會回答，雞蛋裡面有 DNA 所以也會按到自己的軌道長一隻成熟的雞。你回答的不錯，養雞人家如果沒有依照養雞的程序規則來養雞。那他可能會嚴重的損失。所以相對的說程序規則也是另外一種軌道。

這時康龍眉頭一皺似乎有疑問要發問：所有東西的變化都是按照自己的軌道在變化。難道都是 100%？不會有偏離軌道的變化嗎？

如果你現在是外星人

那你要如何猜猜地球人

對變與不變的觀察結果

1. 認為變與不變 是不同樣的東西

2. 是同一體 但變的範疇小於不變

3. 相反過來 變的範疇是大於不變

外星人 請提出您的觀點

四. 變化的種類

　　廟公又哈哈的笑:聰明、聰明、好問題。你讓我想到另外一個問題。就是我剛剛還有提到的問題,有一種迷惑現象他會永遠存在我們一般人的心裡面,我叫它為(新知錯覺)。

　　就是有一些人碰到新的理論,他發現這個理論用在 a 的地方可以用,但是相同環境他換 b 來測試結果就不相同。他並沒有進一步的研究,為什麼 b 測試結果不一樣。因此他認為這個新的理論不對不能用,然後就放棄這新理論的研究。

　　比如說上個禮拜我們提到,種稻米有種稻米的程序定律,養雞的人家有養雞的程序定律。兩種定律是不一樣的,但我又說它有一個共同定律存在。

　　如果那時你認為我是鬼扯蛋,然後這禮拜也不高興過來。這種現象就叫做新知錯覺。你現在也不要覺得很高興,我們今天突破了新知錯覺。不代表我們以後不會再犯這個問題誤。永遠會有一個新知錯覺存在,你要永遠的記住就好。

　　我們再回來談出軌的問題,出軌是好事還是壞事這個很難認定。例如 DNA 的出軌突變,一個是病態的突變,那個就是生病了。另外一個出軌是往好的方向突變,我們稱它為進化。但是火車如果出軌是可怕的突變。

　　如果談變化你認為只有正軌的變和出軌的變,那你就太小看變化的範疇了。固然他的範疇很雜,但是我們人類現今的知識發展,已經可以開始漸漸的切入他的範疇內涵。

這時廟公從袋子裡面拿出一個小玉西瓜，然後問康龍你可以一口就把這個小玉西瓜吃完嗎？

康龍：沒有人這麼土的吃法吧！西瓜那麼大你也沒有辦法一口就把牠吃下去。而且西瓜皮也不能吃。

廟公問：那這個西瓜要怎麼吃。

康龍：用刀子切開，然後切成一片一片的這樣才好吃。

這時廟公從袋子裡面又拿出一支小刀要切西瓜。

但是康龍立即說：我肚子有點怪怪的，不要切我不想吃。

廟公點點頭把西瓜跟小刀一起收起來。他又說：變化的範疇雖然很大很雜，但是我們還是有工具可以使用。這個工具就跟切西瓜一樣，可以把再大再複雜的東西，分割成我們人類可以使用，可以下手執行的項目。

所以學變化的第一個工具，就是（分割是執行的開始），怎麼樣分割才會是最好的，我們以後有機會來談。

我現在要跟你講的是，我們分割好事物的項目。並不是每件事物都可以馬上使用或執行。很重要的一點，就是我們要選擇可以馬上使用或執行，就馬上去做。這樣才可以一步一步的往上爬。

就如剛才切西瓜，你一定會先吃西瓜的肉。而你說西瓜皮不能吃，但事實並不代表西瓜皮，沒有使用的價值。

　好　我們回到主題。目前我把變化分成 3 種類型，是不是有第 4 種第 5 種存在，我目前還沒有研究到。

　廟公微笑的對著康龍說：　第四種以後就要看你們年輕人把他玩出來。這時廟公也從口袋裡面拿出一張紙條。

　　第一種變化現象我把它叫做（漸變）。這就如我剛　才所說到的，捷運在自己軌道上移動轉變的現象。　或是稻穀依自己的 DNA 在轉變成長。如果用嚴謹條文式的解釋就是【廟公打開紙條】（事物體他依本身應有的特性或軌道單單純純的自己在變化）。這種變化我把它叫做（漸變）　。

　　第二種變化現象我把它叫做（劇變）。你剛才所提到的出軌現象，就是劇變其中的一種現象。還有像車輛行駛到一半自己爆炸，也是屬於這一類的劇變。如果用嚴謹的條紋解釋就是（當一個簡單的事物體變大後，他會變成一個複雜綜合的事物體。當這大事物體不能掌握到自己內部各基本的變化要素，這時所產生的變化稱劇變。如中心與周邊，前端與後端不再一起同步的變化，這時所產生的變化特性會與漸變不同，所以我再分出另一類為（劇變）。

　　第三種變化現象我把它叫做（突變）。這如一輛火車正行駛在自己的軌道上，突然側面有不大卡車撞上來。再如一顆植物正在成長中，突然被酸性或鹼性液體潑到。這兩個案例都屬於突變的現

象。【廟公又看著紙條念】（當一個單體或一個綜合體的存在空間裡，突然來了一個非自體的另一種個體而引起該事物體的突然變化，就稱為（突變）。

來這一張紙條給你，你回去再慢慢研究一番。或是整理到你的筆記本裡面。

談到這裡我們似乎把變化談的複雜了，但沒有關係這三種變化目前我們就以事物變化最基本的（漸變），為研究變化的入口。目前我們也只有先把，漸變的基礎建立好，其它兩種或更多種變化才有機會再深入研究。

中午我有一個飯局現在準備過去。
再過兩個禮拜你要考試了，所以我也不打擾你。你先好好準備考試其他以後再講。

如果你沒有被新知錯覺打敗，等你考完試自然有人會通知你，我們碰面的時間地點。

廟公說：對不起我要趕去參加餐會。廟公先離開了。

康龍自己一個人坐在岸邊的椅子上。打開字條又看了數分鐘再收起來。

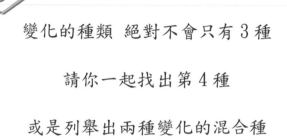

變化的種類 絕對不會只有3種

請你一起找出第4種

或是列舉出兩種變化的混合種

五．變化的定律

　　過了一個多禮拜。康龍媽媽說：你有一封沒有寫寄件人的信，我放在桌子上，你要記得自己出來拿。

　　康龍立即趕出來拿了信，就往房間裡面跑。

　　媽媽笑著說：那麼神秘是不是女朋友寫給你的信嗎？

　　康龍：不是啦

　　康龍看著信上寫著：

　　康龍好；上個禮拜你應該都考完試了，可以的話。我們這個星期天早上 10 點，在士林雙溪公園中央的涼亭會面。

　你要提早 10 分鐘到達，因為你沒有見過我，但我已經見過你。所以你要先到，我遠遠的一看，就知道是你到了。

　還有一個作業你要先思考一下。就是這個世界上你看到變和不變的現象以外，是否還有看到其他變的現象也共同的存在。

　不用廢寢忘食的想這個問題，如果你有在公園散步或是洗澡的時候再想這個問題。千萬不要在馬路上行走，也在想這個問題，這樣是危險的。

　　星期天早上康龍帶著廟公給他的字條，並多帶著筆與筆記本。微笑快樂出門。

　大約 9 點半他就到了士林雙溪公園，他把公園繞了一圈。

　看到中間有一個地勢比較高的涼亭，他走到那個涼亭四周望了一下，心想這裡應該是公園的中心吧！他一坐下來沒多久就開始看手機。

　過沒有多久，一個戴著棒球帽子和穿著棒球的衣服，手提著一個袋子走過來，感覺就是一個打棒球的中年人，他一來就坐在康龍旁邊問：你是康龍吧！

　　康龍很驚訝的開口問：你是那位廟公老先生的朋友嗎？

　　棒球先生：對！我從小就喜歡打棒球，所以你叫我棒球先生就可以了。

　　棒球先生：你現在會在這裡，就是代表你看過我寫給你的信。信裡面唯一的重點，就是要你想想看，除了變和不變的現象之外。還有其他的變化的現象嗎？

　　康龍：我只有想到變化一定要有軌道，其他的還想不到。

　　棒球先生想了幾秒鐘說：好！你就把廟公以前教你的，全部把它忘記我們重新再來。他從袋子裡面拿出了一瓶水出來，並喝了一口。

　　然後問康龍：這裡面是什麼東西

　　康龍：水

　　棒球先生：你現在看不出來他有什麼變化，但是你把它放在冰箱冷凍庫裡面他會變成什麼。

　　康龍：冰

　　棒球先生：如果你把它倒在水壺裡面，放在瓦斯爐上面燒，你會看到什麼現象。

　　康龍：水蒸氣

　　棒球先生：我剛才所講的過程，你把他當成已經看到的事項。然後用比較抽象的方式，把它形容出來。

　　就如廟公給你的那個字條，那裡面的條文就是比較抽象的方式。

　　康龍拿出字條看了 3~4 分鐘。說:好我練習試試看。有一杯水在常溫狀態之下，他是水的狀態。
但是把它放在低溫的環境下，他是變成冰的狀態。
如果再把他放到高溫的狀態之下，他有水蒸氣出現。
　所以冰、水、氣是變的現象，但是水的化學分子是不變的現象。講到這裡康龍停了下來。

　　棒球先生： 還有，再繼續說說看。

　　康龍想了一下說： 溫度是讓水變化最主要的原因。

　　棒球先生:不錯！已經 90 分了。要不要再濃縮整理一下。

　　康龍想了一下　搖搖頭

　　棒球先生:以後你會碰到更複雜的變化現象，所以你要練習變成更抽象的條理。最好可以像數學裡面的代數，就如 x+y=Z。x 跟 y 的條件提列出來，這樣我就知道 Z 的答案。
　你不是有帶筆和筆記本，我慢慢的講你把它寫下來。接下我來出題考考你的日常觀察力，如果有一天你發現。
1. 有一個東西會在變
2. 他有好幾種的變法
3. 那是什麼因素讓他變

4. 他為何可以重複再變的因素

這4項很重要，你想想看這個世界上，所有的變化現象除了這4項，是不是還有其他的現象出現。

康龍想了一會：應該很完整了，目前想不出來還有其他的。

接下來我們來玩填充題，你把剛才講的水變化主要詞句，填在這4題的題目後面。

比如，第一題有一個東西在變，你要填什麼？

康龍想了一下說：水

棒球先生：好！你就把（水）寫在剛才第一題的後面，下面幾題也是一樣。

第二題　冰、水、氣

第三題　溫度

第四題　水的特性軌道

棒球先生：第四題我是建議這樣講，水的物理三態特性曲線。

康龍　點點頭微微的笑

棒球先生：變化研究到這裡只是看到邊，根本都還摸不到邊。好吧！我們現在開始來摸變化這個邊。

康龍高興的握起拳頭微微笑。

棒球先生：不要高興太早，形而之上的邏輯問題會越變越多了，你要細心的去思考。不懂的地方你可以馬上提出來問。

但我的建議是你先記錄下來，回去想一想下一次再問也可以，這樣你的進步會比較快。

我們剛才講的4個題目。水、水的三態、溫度、特性軌道。

　現在我們用代數的概念，把上面這 4 個內容，每一個內容用一個字來替代。

1. 水是物質，我們就用（質）這個字來替代。你把（質）再寫在第一題的後面。依此類推下去

2. 水的三態，他是變化的外在現象，我們就用（象）這個字來替代。

3. 溫度他是推動變化的能量，我們就用（量）這個字來替代。

4. 特性軌道，是物質特有的性質，我們就用（質）這個字來替代。

　好現在問題出現了，第一題跟第四題重複。依你的看法刪掉哪一個比較恰當。

　　康龍：刪掉第一個。

　　棒球先生：　為什麼？

　　康龍：因為第四個特性的軌道，他可以涵蓋的一項的內容。

　　棒球先生：好現在整理出三個變數（象）（量）（質）。

　接下來我們開始來推理：水的（象）所以會變，是因為溫度能（量）在改變，水雖然有在變，但是水的本質 H_2O 並沒有被改變。我們亦可說，水的特性軌道並沒有被改變。

　　棒球先生：　我剛才講的這一段話，你要不要嘗試把它濃縮成一小段嗎？

　　康龍有點緊張的搖搖頭。

　　棒球先生：沒關係，我的要求太多了。我相信你以後有這個能力。好！我們開始來整理一下。

因為溫度（量）的改變，使水的現（象）改變，但水的內部本（質）並沒有改變。

　所以量變使至於象變，但質沒變。再濃縮一下（量變達到象變，但質永遠不變）。再簡化一下就是【量變象變質不變】。

　這邊我要稍微修改一下，（象變）的象這個字不好用，以後會有相衝的問題。因此這個象我就把它改成這個外在相貌或內在相貌的相。所以變化我改成【量變相變質不變】。這就是所有變化最基本的第一條憲法。

　　棒球先生：你現在感覺怎樣，有沒有頭昏腦脹。

　　康龍：微笑的點點頭。

　　棒球先生：哈哈.. 沒關係快下課了。

他從口袋裡面拿出一張字條說：你把這一張紙的內容唸一下就好了。

康龍：

【量】：也就是指能推動（質）改變的力量。而這力量往往是可以人為操控，且人類亦可利用某一個單位來衡量其大小或程度或價值，而這種大小或程度可變的力量，我們可總稱為（量）。（量）往往會有很多型態出現。

　譬如說溫度會讓水改變，壓力也是會讓水改變。很少只會一種改變條件。

【相】：是指附著在（質）的外相。也可說是質吸收了量以後，所被改變的外（相）。這個外相大體上，就是人類對（質）的一種外在感受或感覺，所以對（質）的外相之變化，我們總稱為（相），其實我們亦可由外相來研判（質）現在有多少（量）的存在，或說（相）的存在，有平衡（質）結構的功能效應。
（相）不會只有單獨一種型態出現，一定會呈現兩個以上的外相出來。
【質】：是指事物的本體、本質，或為有型的軌道和無形的軌道，亦是一個實際要存在的事物。它是變化裡的一個主角，也就是說他要先存在，量與相再呈現才有意義。
而質的型態或是說它的內容，是不只上面所講的四種型態，還有目的、目標等等，等到後面有碰到的時候我會再提醒一下。（質）它唯一的特徵就是他只有單獨的一件或一個事物呈現。

棒球先生：怎樣！唸完這篇文章是不是有感覺，掉到另外一個旋轉的宇宙裡面。有頭昏昏的感覺對不對。沒關係休息兩個禮拜你慢慢的研究，把你想到的問題寫下來到時候我們再來討論。下次見面的地點我會再告訴你，期盼我們還能相見。

康龍坐在涼亭中，看著字條大約半個鐘頭才離開。偶爾的晚上睡覺前，他又把字條拿出來看一下。

有一天他放學回家的路途中，碰到三個同校的同學再搶一包東西，其中有個同學說：這是我去買的我要先用。另外一個同學說我程式都寫好了，今天晚上我就先用，等我都測試好了然後再買新的一套還你，而且程式我也會 copy 一套給你用。

第三位同學說：對啦對啦！他今天晚上就需要，你就先讓他用，而且你又省掉寫程式的時間。

康龍看了他們一番的爭吵，突然腦海裡面跳出一些詞句（需要、需求、取得）。這些詞應該跟變化有關係，於是大步的往家裡走，想把它趕快寫在記事本裡面。

又過了幾天，媽咪在客廳裡面叫著：康龍你的情書又來了。

他快速的從房間裡出來，拿了信又匆忙的回到房間裡。

媽咪：她是住哪裡？都不寫寄信地址。

康龍在房間裡面叫著：媽你不要亂想他是男的。

康龍看著信上寫著：

康龍好：這個禮拜天可能會下雨，所以我們不要約在室外。我們就在士林捷運站 1 號出口中正路的紅綠燈 10 點會面，我一樣穿著棒球系列的衣服等你。然後我帶你到一家咖啡廳去，我請你喝咖啡。

前一天晚上康龍把廟公先生及棒球先生的字條，重新抄寫到筆記本裡面。並把明天要提問的問題複誦一次，（質）的內含有包含目的、目標，那（需要、需求、取得）是不是也是屬於質的內涵。

第二天早上，康龍帶著筆與筆記本。快快樂樂出門。

　他一樣提早了半個鐘頭到了士林捷運站，然後就在那附近的商店逛來逛去。在 9 點 55 分的時候，他看到棒球先生就在紅綠燈底下等。兩個人看到就互相打招呼問好。

　然後棒球先生就帶康龍到附近的一家咖啡廳，選了一張靠近窗戶的桌子，兩個人就坐下來，各點了一杯咖啡。

　　棒球先生先開口：來先讓你來稿考我。

　　康龍：前輩上一次你有說，（質）的內含有包含目的和目標，那（需要、需求、取得）它們是不是也可以屬於（質）的內涵。

　　棒球先生：理論上是對。但是我們日常生活在描述的時候，都會產生錯覺的現象。

　比如說：我們要達到這個目的需求需要改變。這時候的需求與需要應該說是一種現像或是方法。

　因為這時的需求和需要，是在目的之下所產生的，也就是說在大目的範疇之下，需求與需要只是一些次等範疇。

　來你把筆跟紙拿出來，我畫一個結構圖給你看一下（圖）。

　如果你要把需求當成是質的性質來看，那需求變成主範疇，

　步驟方法 1、步驟方法 2、、就等於是次等範疇（圖）。

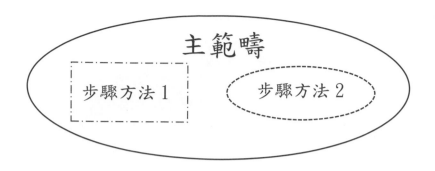

看起來有點亂，現在懂了嗎？

　　康龍：是有點亂，但也是有一個輪廓。

　　棒球先生：哈哈！已經不錯了。你只要記住一個原則，就是（質）是唯一的，也只能一個而已。

　好！我來問問你，你還記得變化的憲法是什麼？

　　康龍：【量變相變質不變】。

　　棒球先生：不錯反應很快就講出來，再來一題。廟公有告訴你，變化他把它分成哪幾類？

　　康龍趕快打開筆記本看了一下：分成三類（漸變）（劇變）（突變）。

憲法是由人制定出來的

我的變化憲法

是參考亞里斯多德和鄭玄的觀點

制定出來的　歡迎你提出另類的新觀點

六．漸變的基本條件與環境

棒球先生：這三個你沒有把他背下來嗎？

康龍：背是有背，但怕講錯字所以再看一下。

棒球先生：今天我們要討論的，就是要延伸變化憲法和種類，這兩個問題的細節。

好！你看這一杯咖啡，他裡面也有咖啡，但是也有冰塊，杯子外面周圍還有一點點起霧氣。所以這杯咖啡他有液體，固體，氣體，你要如何看待他們的量，相，質關係。

康龍被問了傻傻的不知如何回答。

棒球先生也看著他約 20 秒鐘，然後笑笑的說：我也是一樣沒有辦法回答這個問題。因為研究變化要把環境變成，越簡單就可以越清楚。你還記得變化的第一個工具是什麼？

康龍立即的回答：【分割是執行的開始】。

棒球先生：好．我們已經把變化分成 3 種現象。我想廟公應該也有告訴你，現在哪一種變化，比較簡單的可以先去了解它。

康龍好像信心來了，立即的回答：漸變

棒球先生：那你自己的看法呢？

康龍：也是漸變。

棒球先生：可以說一下原因嗎？

康龍：因為我覺得，我們人類現在對漸變的規則或是事件，了解或是發現的比較多。

棒球先生：這樣說，那這一杯咖啡的現像你還要叫他什麼變？

康龍笑一笑著回答說：東西太多種太雜了，

那乾脆就叫他就叫他雜變好了。

棒球先生：雜變形容得很好。我們研究基礎的變化，就是要把事件回歸到，最簡單最基本的條件下，來分析事項動態。

好.你來分析一下，這杯咖啡總共有幾種(質)，所以產生的現象。

康龍：裡面有咖啡、水、冰……阿！空氣裡面也有水蒸氣。

棒球先生：應該還有很多東西譬如說奶精、糖，好我們現在不談這些。我們還是回歸到主題。聊了這麼久你可能忘記了，我們今天要談的主題

康龍微笑的說：一個是變化的種類，另一個是…他頓了一下:阿！變化的基本憲法。那我們要談延伸這兩個細節是什麼意思？

棒球先生:如果我們不把(量變相變質不變)這條例解釋的更詳細，那一定有很多人會誤解，這樣雜變就會出來。

我們現在不把這杯咖啡看成是咖啡，就直接把它看成是一般的水，好那現在你覺得這一杯水是液體還是固體。

康龍:水那麼多當然也有固體也有液體。

棒球先生:那我們現在要如何簡化到，可以研究他的變化基本規則。康龍你可以想得到嗎？

康龍想了好久，似乎已經要開口說不知道，但是他又想了一下。老師有講液體還是固體，這是要做什麼？

這時他眼睛一亮突然開口說:單獨的一個水分

子。

　　棒球先生笑笑的說:你這種精神就對了，不要隨意的放棄有時再堅持一下，成功的機會還是比較大。

　然後又說: 你答的很對。如果同一個空間裡面有兩個水分子，有時候會因為環境的複雜，有可能一個水分子是固體，另外一個水分子會是液體。

　所以研究變化的規律第一個條件就是，只能用單一的個體來研究，並紀錄他的軌道。而且記錄的時間軸一定也是要連續性，並且各項的環境係數也是要詳盡並同步的記錄在一起。

　也就是記錄要整套的，有一點點遺漏就可能會是錯誤的結論。

　　棒球先生:怎樣，聽了那麼多抽象問題頭昏腦脹嗎? 會不會離職跳槽呢?

　　康龍哈哈大笑說:打死不退。

　　棒球先生笑笑的說: 你的個性還蠻硬的，好我們回歸主題。

　　然後他從口袋裡面，拿出一張字條給康龍說:你把他唸一次。

一個體	就如一個 H_2O 的基本水的分子，或是一件很單純的目標工作，決不能有加雜到其他分子或其他事物到裡面來。
相連相關	各物體在變化的過程中，他會一個現象接不同的另外一個現象的轉化。或是一個方法接不同的另外一個方法的發展下去，而這現象或方法是有多少種的相關關係，我們可以到相關論裡，再一一的討論出來。
一貫而有理有序	以變化程序而言，一貫就是有理有序，有理有序的外在現象就是一貫，所以你一定會認為這太機械論了吧！不錯，當我們把變化看成有定理存在時，就已把事物的變化關係看成了機械的運動罷了。
可分階段	這是一個防止問題研究或討論時，不小心的把問題中心往更大的一個範疇或更小的一個範疇來推演。因為更大或更小的範疇，他們的量、相、質是不同的關係而存在的，所以在同一個個體或同一個範疇裡，來研究變化，這樣才可以分析正確的漸變。我們可以在個體論中，再詳說一番。

你看得出來這張表是在表達什麼。

康龍停頓了幾秒鐘說：好像是在強調研究變化時，周遭的環境的注意事項。

棒球先生微笑的說：對！那你可以用你的想法重新的再表達一次嗎？

39

康龍:給我 5 分鐘我再整理一下。

棒球先生怕一直看著康龍會給他壓力,便拿出手機找資料並對著康龍講,不用急你慢慢想有問題可以馬上問。

大約過了 6-7 分鐘,康龍開口問:左邊格子裡面的意思是不是在表達,整體變化的細節精隨重點。我也感覺應該和變化憲法要相關在一起。右邊格子裡是在定義右邊名詞的內涵。

這次棒球先生內心高興的不得了,因為在餐廳裡面不敢大笑出來,只有哈哈兩聲的說:哈哈對!你確實有一點天份。那你可以進一步地講,他們是如何關連在一起。

康龍笑說:我只有第六感的感覺,目前排不出他的關連性。而且第 4 項(可分階段),我還不太懂他的意思。

棒球先生: 第四項確實不好懂,不過等研究過(個體論) 你大概就懂了。好!我們回到主題,今天這一張表裡面的 4 項內容,就是我們研究(漸變)對環境要求的基本條件。

也可以說是漸變憲法的【但書】。換句話說量變達到相變質不變的定律,並不是隨便亂湊起來就可以用了。

好我來考你一下,像剛才我們所談到的冰咖啡現象,你覺得最不符合但書裡的哪一條規律。

康龍想了兩三分鐘: 我想應該是第一條,因為這杯冰咖啡裡面不是只有一個個體。

棒球先生:很好!就因為雜變他不是單一種個體,所以我們在變化邏輯的三種現象裡面,並沒有把它排列進去。也相對的說變化會有其他更多種的現像出現。

　因此我們要研究某一個事物的變化規律，一定也要先考慮這些環境的條件是否符合這些要求。因此認識變化定律很重要，但是注意他的環境條件也是很重要。

　好！你現在還有其他什麼問題嗎？

　　康龍想了一下：目前想不出來，我回去再研究一下。

　　棒球先生拿出手機看了一下說：沒關係你慢慢想，我現在有事想要先離開，我一樣會再跟你聯絡下一次的聚會。

　　康龍看著那一張表格說:好！謝謝。

憲法是一種基本精神的象徵

它要套用到實際複雜的環境裡面

一定需要一些細節來補充

對上面的但書 你有何新的補充呢?

41

七.真實的身份

　　話說一個多月前康龍並不是，單獨一個人去三芝遊玩。他本來是約女朋友佳慧，在淡水捷運站會合。結果他在捷運站等了半個多鐘頭佳慧打電話來，說他家裡臨時有事不能來，要他自己一個人到附近走走。

　　康龍被放鴿子不高興，看到有一班公車來就跳上車，也不知道這一班公車要去哪裡。大約坐了快半個多鐘頭，覺得路的兩側風景很不錯所以就下車了。

　　佳慧家裡的事辦好了想要趕到淡水去，但那時康龍很生氣早就把手機關掉。所以兩個人就結下不解的心結。

　　從那天開始康龍的心思，幾乎都放在研究變化的邏輯，所以並沒有心思想打電話給佳慧。康龍的關機也讓佳慧很嘔氣，想說康龍一定會先打電話給他。

　　忍了好幾天終於先打電話給問康龍:你禮拜天為什麼把手機關掉。

　　康龍:剛開始是生氣，後來是忘記。結果兩個人你一句我一句吵了好幾分鐘，最後康龍向佳慧道歉，然後又恢復和往常一樣平平順順。

　　佳慧:那你和那個廟公聊一些什麼。

　　康龍:我也不知道主題要怎麼講，一下子聊到稻子生長的狀況，一下子聊到養雞場的程

42

序。他說這兩個有共通的變化邏輯存在。我實在不清楚他是要表達什麼。但又覺得他很有學問，後來他接到一通電話，說有事要離開了。

　然後我也就離開那間廟去找公車站牌，要回淡水捷運站。康龍怕節外生枝，不想提這個禮拜天與廟公在八里會面的事情。

　　這一個多月來康龍都不會主動打電話給佳慧，而佳慧約康龍禮拜天出去玩，康龍都說有事沒有辦法。

　　佳慧是氣得要命，問你是不是有新的女朋友。

　　康龍:才不是，他是男生又不是女的。

　　佳慧很疑惑的幾秒鐘問:你們在做什麼，那他是有參加什麼團體。

　　康龍:我也不知道，他是不是有參加什麼團體，我只知道我跟著他在學變化邏輯。

　　佳慧:沒聽過變化有邏輯性這門課，他會不會是詐騙集團在吸收你。

　　康龍:詐騙集團我覺得是不可能，不過他是什麼來歷，我都沒有問過，我覺得自己也太離譜。佳慧謝謝你提醒我，我再注意一下。

　　又過了兩天，康龍一樣又收到一封要到，士林雙溪公園中央涼亭會面的訊息。康龍一樣提早了 30 分鐘到雙溪公園，但是這一次他沒有在中央涼亭等待，而是在遠處可以看到中央涼亭的隱密處，注視著中央涼亭的動態。

果然 9 點 55 分棒球先生來到中央涼亭的位置，然後坐下來在那邊看手機。

康龍在遠處疑惑了十幾分鐘不敢前進，最後回頭往車站走。他走了數十步突然右手邊一個人靠過來，他看了嚇一大跳停下腳步，是棒球先生。

棒球先生馬上開口：不要怕你剛才看到的是一個穿著棒球服裝的臨時演員。我們今天不討論變化邏輯的問題，我們有需要把你心中的疑惑全部講清楚，不會讓你不清不楚的再懷疑困惑下去。

但是你要答應我兩件事情，第一我們之間的事不能再告訴任何一個人，包含你的家人和你最好的朋友。

第二我們所討論出的結論，以後對大家說都是由你自己一個人創造出來的。如果你可以答應我這兩件事情，我可以告訴你我們是什麼人，我也可以跟你保證我們絕對沒有惡意。

康龍走到旁邊的石頭上坐下來，想了一兩分鐘說：好！但是你們不能有再欺騙或是隱瞞我的情形。

棒球先生:欺騙我保證不會，有些機密的問題我一定要隱瞞起來，這點我不能完全答應你。

康龍立即的問題:為什麼？

棒球先生:因為…我們不是這個世紀的人。

康龍聽了嚇呆了，目大口開說：那你是未來人。

　棒球先生不發一語，嚴肅的一直看康龍

　康龍停了兩秒又問：那你們為什麼會挑上我。

　棒球先生：A…這有一點洩露天機，因為我不能告訴你以後的事情，好吧！你要先學會變化邏輯，到了中年以後你會創造出一套愛的邏輯，我們的目的，就是希望這一套愛的邏輯可以早一點創造出來。

　　康龍：我有這種能耐嗎。

　　棒球先生：不用急順其自然就出來。

　　棒球先生：既然你知道我的身份，我要再提出一個要求。就是你不能要求我回答還沒有發生的事情。例如股市的行情、政治的選舉，這些都還沒有出結果之前，你都不可以問我。

　　康龍：好 我知道。

　　棒球先生：你心中應該還有一個疑點，你是不是懷疑我們都在偷窺你，你想想看我們都知道答案，我們需要偷窺你嗎？

　還有一點，我這一檔的任務就到現在，所以下一期會是我另外一個同事過來。時間差不多了我該走，下一檔的人會跟你聯絡。記住喔！要保守秘密。以後也盡可能不能跟佳慧，再提變化邏輯的事。

　對了！很久很久以後我們還會再見面，所以後會有期。

康龍還是坐在石頭上，心頭亂七八糟，想著我下一步要怎麼走。坐了十幾分鐘，站了起來說：老天已經安排好了，就順其自然吧。

順其自然 是悲觀的行為

還是樂觀的行為

你的看法呢？

一隻螞蟻無可畏懼，一群螞蟻其堅可摧

八 . 量 . 相 . 質 . 與 變和不變 的 關係

　　康龍回到家大腦空白了 2~3 天。結果該來的還是來了，他打開信有一點嚇一跳，這次會面的地址，竟然是在家附近的停車場收費口，時間是 9 點半提早了半個鐘頭。

　　心裡也在滴咕著我是去還是不去，要不要告訴佳慧。當晚徹夜難眠直到深夜兩三點才入睡。早上無精打采的去上學，下了課要回家也是精神不濟。

　　但他需要到黃昏市場的文具店買一些筆。在黃昏市場裡他碰到一個化緣的和尚，和尚向他說：阿彌陀佛,施主看您悶悶不樂，想必心中必有難解之題，你的面相帶有福氣，只要你做的事情不要傷害到別人，順其自然就好,阿彌陀佛。

　　康龍打頓了兩秒鐘，從口袋裡面掏出了一些銅板，拿了 2 個 10 塊放在和尚的缽碗裡。

　　和尚： 謝謝施主。

　　康龍： 感恩師父的開化。

　　康龍回到家心情平靜了很多，因為棒球先生與和尚的順其自然，讓他感到有一條自然的軌道，就在他的人生旅途上，他只要穩穩的繼續走下去就可以了。

　　康龍吃飽飯又把變化的筆記本拿出來。

　　第二天早上他只有提早 15 分鐘下樓，想說不要 5 分鐘就可以到達停車場。結果還有 7 分鐘到達停車場入口。

　　就看到一個帶著鴨舌帽的人走過來說:康龍早,我是在開計程車的,你可以叫我計程車先生就可以。

　　康龍:先生早。

　　計程車先生:你希望在我的在車上談,還是到對面咖啡廳談。

　　康龍:到對面咖啡廳談好了。兩人到了咖啡廳就選一個比較安靜的角落坐下來。

　　計程車先生:第一次見面會不會覺得比較尷尬嗎? 其實會來跟你面談的人,都是我們精心挑選過的,你可以安心的跟我們談。你應該有很多問題要問我吧。

　康龍:我可以和我女朋友一起來跟你們學習嗎?

　　計程車先生:不可以,因為這樣非常容易分神效果很差。

　　康龍停頓了幾秒說:好,我再想其他的方法來安撫他安。

　　康龍又停頓了幾秒說: 那我們可不可以改成,禮拜一到禮拜五的晚上,這樣我假日就可以陪我女朋友,免得他懷疑東懷疑西的。

　　計程車先生:沒問題,你的構想不錯,這樣可以兩全其美。好! 我們開始來研究問題吧。

　　康龍打開筆記本說: 量變相變質不變,這個變化的憲法。是不是像人體的骨架;而但書的一個體、相連相關、一貫而有理有序、可分階段，是不是像人體的肉和皮。這種相似的比喻可以嗎？

　　計程車先生:如果是一個初學者這樣子比喻是可以的。因為以後你會學到相似、相同、相近、等等的定義，到時候你可能會有新的看法。還有其他的問題嗎？

　　康龍搖搖頭:目前還沒有想到。

計程車先生：好！今天我們要來把變化憲法的每個元素或是說每一個字，拆開重新排列組合看看有什麼變化。來這張表給你。你先全部看一下，我們再來一個一個討論。

量	相	質	結　果　分　析
變	變	變	似乎雷同二元變化論，但會有骨牌效應出現。這樣我們也會吃不到明年的稻子。
變	變	不變	已知的變化定律。
變	不變	不變	？
變	不變	變	質，可能會被分解。
不變	不變	變	？
不變	變	不變	？
不變	變	變	？

過了兩分鐘

　　計程車先生：怎樣看得懂這張表的意思嗎？

　　康龍:左半邊是看得懂，右半邊還要想一

想。

　　計程車先生：那這一張表是不是已經完整的，把變化的各元素的排列組合全部表達出來了嗎？

　　康龍：少一條。2 的 3 次方應該是等於 8，這邊少一條。阿！少一條三個都不變，因為三個都不變，研究起來也沒有什麼意思，所以你是不是直接就把他拿掉。

　　計程車先生：你的眼力還不錯，對. 就是這個意思。但是嚴格的講還有一條你再想想看。

　　康龍想了兩三分鐘：想不出來，可不可以給一點提示。

　　計程車先生：給提示你馬上就知道了。

　　康龍又想了一會：投降，還是請先生講答案吧。

　　計程車先生：這一條的答案，要有學過哲學的人才比較容易想得出來。就是從哲學懷疑的論點來看這個表，也或許是上帝或外星人在操作的，所以這個表就沒有意義。我這樣提出來並不是在刁難你，而是要你盡可能地完整的去想問題，因為有時候天方夜譚，也許會創造出最好的答案。

　　上面這張表只是一個最基本的，或說是最簡單的 1 組排列組合。量、相、質、變、不變這五個變項，如果有互換的變項，也就是說我把（質）當成（相）來用，或是相反過來把（相）當成

50

（質）來用，那是不是會有更多的排列組合。

　　這項應用是一項很複雜的演練，我們以後再來聊。我只是要告訴你，它並不是已經很完美的一張表。

　　好我們開始來逐條討論結果的分析。第一條你唸一下。

　　康龍：似乎雷同二元變化論，但會有骨牌效應出現。這樣我們也會吃不到明年的稻子。

　　計程車先生：你了解這是在講什麼？

　　康龍馬上回答：不懂。

　　計程車先生笑笑的說：這是我們下一檔的討論主題。好第四條你唸一下

　　康龍：質‧可能會被分解。

計程車先生又問：懂嗎？

　　康龍搖搖頭沒有說話

　　計程車先生：宇宙間任何一個物質，都有承受能量的極限。如果你能量太高又不讓現象改變，那質就有可能變成別種物質或是被分解成更細的物質。

　　例如水分子在高溫之下，他的氫和氧就會被分解。第四條我們人類還沒有很透徹的全部了解它。

其他還有四個問號，就是代表目前還沒有好的答案出來。也就代表我們任何一個知識份子，都需要去努力的把它開發出來。

　　康龍聽了點點頭

51

計程車先生：這個表你不用天天看，但有空你就拿出來看一下，看看有沒有新的靈感出現。你還有其他什麼問題嗎？

　　康龍想一想說：現在還沒有想到

　　計程車先生：對了！你說下一次我們不要用假日來會面討論，那你期盼星期幾晚上我們會面。

　　康龍想了一下說：星期四晚上 7 點好了。

　　計程車先生：好，那我先離開了。

　　康龍一樣還是留下來，因為他要把今天學到的，變成自己的筆記。

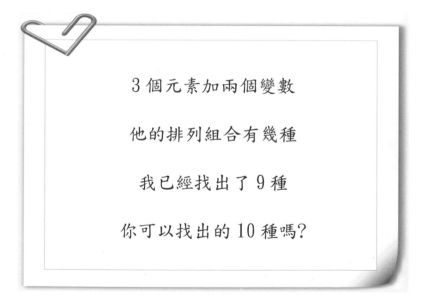

3 個元素加兩個變數

他的排列組合有幾種

我已經找出了 9 種

你可以找出的 10 種嗎？

九. 二元與三元方式論變化其關係之差異性

星期一晚上康龍收到一封補習班的廣告信。本來要直接丟到垃圾桶裡面，但是信封上寫著（好康）的等你來，他的第六感就覺得怪怪的，他就打開這封廣告信，果然不錯是計程車先生寫給他的。

星期四晚上 6 點 50，康龍就來到咖啡廳門口等著計程車先生，他到的時候就看到計程車先生，正從停車場出來往咖啡廳走過來。

兩個人見面的時候就互相地點點頭

康龍就先問：老師真的有在開計程車賺錢嗎？

計程車先生笑笑的說：我們還是要寫報告，然後有空的時候，我就出去跑一跑賺點小錢吃點好吃東西。

兩個人一樣找了一個比較清靜的地方坐了下來。

計程車先生寒暄的問：你的女朋友現在還會懷疑你嗎？

康龍：他現在一直在講要舞蹈比賽的事情，所以他的注意力，比較不會有放在我這一邊。

計程車先生：你也很敏感我用一個補習班的廣告信封，上面只是加註了一句話，你就知道是我寫給你了。你家人應該不會懷疑吧。

康龍微微地笑著

計程車先生：好我們來談我們的主題吧！先

問一下你上一次的題目有問題嗎?

　　康龍問:上次我有提到變化的憲法,是不是很相似是人內在的骨頭,而但書就像人的皮與肉。

　老師回我,是有一點相似,但是相似、相同、相近後面會有比較嚴謹的定義,我們到時候再談。那時候我心裡就很納悶,感覺變化邏輯是一門很大很廣的範圍。

　後來回家想了一下,可否請老師先給我一份我們研究變化邏輯的進度表,好讓我心裡有一個腹案,我也可以先查一些資料以便提出更深的問題。

　　計程車先生笑笑的說: 不太可能,今天要講的題目剛好是跟上一題是相連,所以我上個禮拜才知道這個禮拜要講什麼。

　每一次我們跟你討論的題目跟內容,我們回去就要寫報告。然後大家在討論你吸收的狀況,之後我們再訂下一次要討論什麼題目。

　所以我現在也不知道下下個禮拜要討論什麼,也有可能下一次不是我來,而是換一個新的老師。這樣回答你會不會讓你怕怕的。

　　這時計程車先生一直注視著康龍的眼神,感覺他有點弱弱怕怕的。

　　計程車先生覺得有點不太妙就說: 你不是說打死不退,況且變這個題目你後年會用到,所以你不會白學的。

康龍聽到後年會用到，想問又不敢問，但是剛才弱弱怕怕的眼神不見。

　　計程車先生：好吧！我們進入今天的主題。二元與三元方式論變化其關係之差異性。所謂二元或三元，就是雷同數學裡面二元一次方程式的二元，直接的說就是兩個未知的可變數。要來談論變化邏輯。

　　用幾個變數來會論變化邏輯會有什麼差異呢？康龍你有什麼看法。

　　康龍：我的感覺好像是變數越多，可以描述的更詳細。

　　計程車先生：好我問你 DNA 的鹼基有幾種。

　　康龍想了一下：四個 A.G.T.C

　　計程車先生：不錯嘛，你的反應蠻快的。所以基本變化的元素並不一定要多。

　　計程車先生從口袋拿出一張講義說：來這張講義你念一下

　　康龍看了一下：

1. 亞里斯多德他對變化就提出了四因說，目的因、形式因、動力因、材料因。但可惜他沒有進一步再發展下去。

2. 東漢時期鄭玄也把易經變化的精隨，提出了三義說：簡易、變易、不易。

3. 近代歐洲黑格爾的學生，也有提出（量變達到質變）的理論。

計程車先生：這三個理論我覺得最大的一個缺

點，就是只有開頭沒有繼續在發展下去。尤其後面這個量變達到質變的理論，如果可以繼續的擴展下去，變成一個系統後，那人類的文明會進步腳步更快了。

計程車先生:好！那我們的變化憲法有幾個元素？

康龍： 量、相、質、變、不變有五個。

計程車先生： 不對只有三個，變與不變他是結果不是變的元素。我剛才有叫你面唸 3 個例子，像亞里斯多德的四因說，目的、形式、動力、材料，他所講的材料是不是等於我們所講的質，而我們的質也可包含他所講的材料，或說是這個材料的特性軌道，你現在可能體會不出來我講的這一段話。

但是沒有關係，後面我們會談到變化與發展，那時候你就會體會出，目的與材料是可以共用成一個元素就可以了。

元素越多未必好用，尤其是要運算更龐大的事項時，那只有增加複雜性，並沒有增加答案的正確性。

計程車先生感覺，他講了有點複雜，他停頓了一下，讓康龍消化剛才所講的邏輯。

計程車先生:那如果我只用兩個元素來推論變化，哪所得到的答案是天下大亂。例如黑格爾的學生提出量變達到質變的理論。

如果天底下的事物，得到能量物質就改變，哪一粒稻穀得到養份，他會變出另外一粒稻穀，是這樣嗎？不對！這樣並沒有質變。

所謂的質變他不會再變成稻穀，有可能會變成馬鈴薯或是其他等等的東西。這樣是不是，我們明年就吃不到新的稻穀。

所以我的看法如果用 2 元素來推論變化，是不是，不符合當今存在自然界的種種現象。

計程車先生又停頓了一下說：我們雖然是用 3 個元素來表達變化的邏輯，但是你有沒有覺得，他是用兩段式的表達方式。其實變化邏輯的憲法，應該是這樣講【量變達到相變，但是質永遠不變】。正確的說法應該是用三元兩段式的表達方式。

還有東漢鄭玄提出的三義精隨簡易、變易、不易，這三個看起來是很像元素單位，但我覺得他並不是一種單位的元素。康龍你有辦法把這三義解釋成元素含意嗎？

康龍想了一下：我也覺得他不像變化裡的一些元素，反而覺得他很像在解釋變化邏輯的憲法內涵。

計程車先生：我剛才一口氣講了這麼多的邏輯問題，你可能會昏昏沉沉的。

計程車先生：這張講義，你有空自己再多看幾次，這一些不是很好很容易全懂的。我的目的是要告訴你，前人所研究的失敗原因在哪裡，你也可以多看幾次。然後再反省一下，我們當今的邏輯推論有沒有問題存在。

　也就是說，我們變化邏輯推演的地基，是要非常的穩固，這樣我們在上面延伸所蓋大樓就不會有問題的。所以這個不急，但是很重要。

　　康龍再看一次講義：好！我會仔細再研究他的內涵。

　　計程車先生：你現在還有其他問題要問嗎？

　　康龍:目前還沒有想到。

　　計程車先生：好！那我先離開了。

　　　康龍:好！老師再見，我要留在這裡，再研究一下這一張講義。

　　　計程車先生：你這個精神不錯要繼續下去，我可以先告訴你一個秘密，但你絕對不能傳出去。您現在所研究的問題或學問，兩年後你會用得到，而且會幫助你很大。我現在跟你講的這一些，你千萬千萬不要傳出去。

　　康龍:好！我知道，老師再見。

??? ??? ???

這個章節　請大家自由發揮觀點

十.動態中的變化四大要素

星期一下課回來，康龍問媽媽:有沒有他的信件。

媽媽說:已經放在你房間裡面。

康龍趕緊的回到自己的房間，一看又是一封補習班的廣告信。打開一看，要相約的時間地點跟上一周一樣，星期四晚上 7 點。一切照舊康龍也是提早 10 分鐘到達咖啡廳的門口。相同的計程車先生也正從停車場出來，往咖啡廳走過來。兩人不約而同的往上個禮拜坐的位置走過去。

這一次康龍比較有禮貌，不是用點頭的方式打招呼，而是稱呼老師好。計計程車先生也很客氣的回應好幾聲，好、、。

計程車先生:這個禮拜有沒有過得很快樂。

康龍:還很順，沒有什麼挫折感。

計程車先生:那這個禮拜你對變化邏輯有什麼問題可以先提問。

康龍:上個禮拜你說我學變化兩年以後會用到，可以進一步的跟我講一下嗎?

計程車先生:喔！我不能講得太清楚。但依你現在的程度繼續再發展下去，到時候我想你講變化的邏輯，人家可能會聽不懂。所以你現在就要開始，簡化一套一般人可以聽得懂的邏輯。

也就是比較生活化的例子，可以讓一般人聽得懂的變化邏輯學問。這樣時間到了你把它發揮出來，會有意想不到的效果跟好處。其他我不能跟你講得太明顯。反正你要把他準備好，一定用得到的。

計程車先生:好！那上個禮拜所談的內容有沒有問題。

康龍:聽是聽得懂，但是還沒有去想一些生活的實例。

計程車先生:好！沒關係。我們來談今天的主題，動態中的變化四大要素。你是不是會覺得奇怪，上個禮拜你說變化有 5 個元素，我跟你更正只有 3 個。怎麼這個禮拜又要變成變化 4 大要素。康龍你先猜猜看是哪裡不一樣。

康龍:可以請老師再把今天題目講一次嗎？

計程車先生:動態中變化的四大要素。

康龍:這樣講我們上個禮拜之前所講的是，靜態的變化邏輯。

計程車先生笑笑的說: 可以這麼講。

康龍笑笑的說: 那不就很像汽車，車子要動還要外加一個汽油元素。

兩個師徒大笑了一番，當他們都靜下來時。

計程車先生:是丟掉一個元素外加兩個要素。

康龍立即的問: 老師元素與要素有不同嗎？

那又要丟掉哪一個元素。

　　計程車先生：要丟掉的元素是（相）。我們不是都說化學基本元素表，所以靜態的基本東西我們就把它稱為元素。

　當他變成動態的時候，會有很多因素跑出來。因此我們要去找出，哪幾個比較重要的要素出來。所以我才稱呼為，動態中的四大要素。康龍皺眉呆呆的好幾秒說：靜態的變化和動態的變化差那麼多，為什麼？

　　計程車先生：好我們先來看靜態的變化邏輯，當量的變化使至於現象的變化，但本質的問題並沒有被改變。

　如果我們操作這個物質，已經有一段很長的時間。是不是他的軌道我們都已經摸了一清二楚。我們又對量的大小或強弱控制得很穩定，這時候你可以轉移，對量控制的重心，就是轉移到一個比較簡單的控制元素（時間）。

　簡單的比喻，如果你要煮一桶水到 100 度 C。第一次我們用固定的溫度燒 5 分鐘，就可以測量到 100 度 C。經過幾次的測試，你用同樣的溫度下去燒，只要控制 5 分鐘，你不用測試就知道是 100 度 C。

　當今人類對時間的控制，已經達到很成熟的階段。所以在變化的軌道上面，我們可以加上一個時間軸的要素。從另外一個角度來看，我們也可以用時間軸來檢測（質）是否是我們原始要的質。

　　康龍開始活潑起來馬上就插話說：老師的意思是不是後面這個水，有被人家加入其他的物質進去，所以時間軸不是提早或是延後了。

　　計程車先生微笑的說：差不多有這個意思。

　　計程車先生停頓了兩三秒說：康龍，你今天好像很快樂很活潑的樣子。

　　康龍：老師我這樣插話你會不會生氣。

　　計程車先生：不會，我反而覺得你有進入狀況。你這發問讓我感覺你對變化軌道上的時間要素，已經開始有體會到他的含義。不過對時間要素的應用，還有很多方面你可能要多花心思再去想。

　比如在動態的過程中，如果你可用控制時間就可以達成任務，這代表你對這件事已經到達成熟的階段，也可以說你的效率，是達最好的階段。因為時間有限的關係，我們還有一個要素要談。

　　計程車先生：好！康龍，你要不要先猜猜看，這個要素是什麼？

　　康龍皺眉苦思了十幾秒：想不出來老師是不是可以給一點提示。

　　計程車先生：蒸汽機。

　　康龍：是瓦特發明的蒸汽機嗎？

　　計程車先生：對。

康龍想了半天:老師,我對不出來。

計程車先生: 我再給你一個提示。蒸汽機為什麼會有動力出來。

康龍自言自語的說: 水去燃燒產生水蒸氣,氣體膨脹去推動氣閥。液體膨脹成氣體將近有 1000 倍的體積出現,如果是把空間鎖死,這樣他就沒有辦法去推動氣閥。

如果空間把他放很大,這樣效率會變很小。所以空間的大小要控制得很恰當。

康龍問老師:請問老師,是不是動態中的變化,第四要素是空間。

計程車先生微笑的說:你的推論很棒,不錯!答案就是空間。

康龍笑笑的說: 謝謝老師的誇獎。

計程車先生:好!你現在可以把動態中的變化四大要素整理一下?

康龍停頓了一下緩緩的說:1.時間 2.空間 3.能量 4.物質。

計程車先生:不錯!標準答案。但是我喜歡講的順序是(時、量、質、空)。

計程車先生: 在動態中可能會有很多的要素存在,我們今天只是提四個大的要素。是不是有第五個第六個出來,那就看以後你怎麼樣去應用它。

康龍:好!我知道。

計程車先生:再過三個禮拜你們就要期中

考，那你下個禮拜可以撥空出來嗎？

　　康龍:好！我兩個禮拜的時間，來準備期中考是夠的。

　　計程車先生:好！那我們今天就討論到這裡，你有問題要提問嗎？

　　康龍想了一下:現在沒有，我回家再整理一下，看看有沒有新的問題。

　　計程車先生:好！那我要先走。

　　康龍:好！謝謝老師，下禮拜見。

　　計程車先生站起來:哈哈..下個禮拜不一定是我來。

　　康龍也站起來笑一笑說:謝謝老師。

請試想一下

這一章為什麼要把(現象)的條件拿掉

你有找到問題的重點嗎

十一. 變化與發展

星期一下課回來，媽媽就說：信已經放在你房間裡面。

康龍趕緊的回到自己的房間，一看又是一封補習班的廣告信。但是這一次的補習班，不是上一次的那一家。他心裡想會不會又要換一個新的老師。

康龍放下書包換上便服，但說也奇怪怎麼那心有一種小鹿亂撞的感覺。他想我又不是要去認識新的女朋友，難道變化邏輯是我的新女朋友嗎？

康龍打開一看，要相約的時間跟上一周一樣，但是地點卻是在家後面的第二條巷子的大樓裡。

星期四晚上，康龍帶著筆記本提早了 15 分鐘到大樓。大樓警衛問他要到幾樓，康龍回答：7 樓之 3。

警衛先生說：搭右邊那台電梯

康龍點頭說：謝謝。

康龍到了 7 樓之 3，嚇一跳！門是開著裡面正在做裝潢。他探頭看了一下，沒有看到人然後開口問：有人在嗎？

這時有一個帶著工程安全帽的人走出來說：你就是康龍嗎？

康龍嚇一跳心裡想，這個裝潢的師傅是我

的新老師嗎？

　　裝潢師傅：康龍不用懷疑，我今天就是你的老師。進來！然後把門關起來，我們到那邊去聊。

裝潢師傅帶康龍，到一間尚未拆除的會議室說：來！請坐這邊比較舒服。

　　裝潢師傅：這一家公司要重新裝潢，可能要一個多月才能完成。喔對了。再過來兩個禮拜你要準備考試，我們不會碰面。你不要隨時想要來就來，我也不一定每天都在這裡。

　　裝潢師傅：好！我們進入我們自己的主題。上個禮拜的動態中四大要素，有問題嗎？

康龍打開筆記本問：四大要素除了時、量、質、空以外，那形狀與顏色是不是也可以併入要素裡面。

　　裝潢師傅：要素是指重要的因素，另一個角度來看，就是也有次要的因素存在。如何來定義就看你現在操作的事物，要提列哪一些要素。

　　至於你剛才所講的形狀與顏色，形狀應該屬於空間的範疇，那顏色是可以提列為次要的因素。

　　康龍想了一下說：好謝謝老師

　　裝潢師傅：還有其他問題嗎？

　　康龍：現在沒有。

　　裝潢師傅微笑一下：今天我們要討論的題

目，會跟以前差異很大，但是他的相連相關性
也很大。而且很重要的是，以後對你或社會或
國家都會有很大幫助。

康龍愣了一下，難道我星期一就預感到，
所以才心理小鹿亂撞。

裝潢師傅：康龍看你那表情，是不是感覺
開始有難度了。要打退堂鼓嗎？

康龍：不是！我星期一收到不一樣的信封，
就有一種奇怪的興奮感覺。

裝潢師傅：太好了，就繼續吧！

裝潢師傅：好我們今天要討論的題目，是變
化與發展或說變化轉換成發展。

裝潢師傅：康龍你覺得變化與發展有什麼關
係？

康龍頓了一下：好像是一樣的東西，又好
像不一樣。

裝潢師傅：舉個例子來聽聽看

康龍：要說歷史是發展過來的，這樣邏輯是
可以成立的。

如果改成歷史的變化軌跡，這個詞邏輯一樣也
是講得通的。

那到底發展的範疇比較大，還是變化的範疇比
較大，我也覺得很頭痛。

裝潢師傅：可以用其他的角度再舉例一下
嗎？

康龍：我覺得我們一般人，會把發展看成往

前或往上、往多的正向發展。那對變化大家會把它看成是雙相向往來變化。

康龍停頓了一下。

裝潢師傅:還有嗎?

康龍笑笑的說:我笨笨的想不出來了。

裝潢師傅也微笑的說:已經很厲害了

裝潢師傅:如果我跟上個老師一樣,給你一點提示這樣可以嗎?

康龍立即回答:好啊,好啊。

裝潢師傅:他們有點像積木一樣。

康龍自己喃喃細語:積木……那是發展可連接變化,還是變化可連接發展。…不對,不是連接…

康龍想了兩分鐘:啊對了是堆疊,那是發展堆疊成變化,還是變化堆疊成發展。

康龍想一想整理了一下。

康龍:老師,是不是變化堆疊多了就是變成發展。

裝潢師傅:你的推理很棒,不錯是正確答案。

裝潢師傅:也有一些人也會把變化歸類為物質範疇的變化,把發展歸類為做事範疇的發展。我個人覺得這個不太完美。

還是你剛才所講的發展是變化的堆疊現象,比較恰當。如果要比較詳細的形容就是,我們平常都在處理較細微變化的事項,日積月累就會走出一條發展的曲線。

　　裝潢師傅:雖然發展是變化的堆疊現象,那發展可以像變化一樣,導論出一套發展邏輯嗎?

　　裝潢師傅看著康龍問:康龍你的看法呢?

　　康龍摸摸著頭有氣無力的說:可能要加很多的元素和要素才可以成立這一套邏輯。

　　裝潢師傅微笑看著康龍說:不用多加任何的元素和要素就可以了。

　　康龍即答:怎麼可能?

　　康龍停頓了數秒鐘突然說:不加任何的元素和要素。難道他們兩種現象,是共用一套邏輯就可以推論。

　　裝潢師傅微笑著點點頭。

　　停頓數秒康龍向老師說:我可以站起來走動一下嗎?

　　裝潢師傅微笑說:當然可以,或許動一動靈感就會來。

　　康龍在椅子後方晃來晃去,晃了半分鐘。

　　康龍突然問:老師,是不是元素和要素的定義要重新設定。

　　裝潢師傅:元素和要素的定義要重新設定,那是不是這一張椅子,這一張桌子我們隨時都可以改變他的定義。

　如果是這樣的話,那我說,請你把那一張椅子拿過來,那你會是拿桌子還是拿椅子。

　　裝潢師傅:康龍來,還是坐下來聊比較輕鬆

不要太緊張了。

康龍有一點不好意思地走到椅子前面坐下來。

裝潢師傅笑笑的說:你把我當成麻吉就好了,不用太嚴肅。

裝潢師傅:你現在坐的靠背椅,可不可以叫椅子。

康龍:可以。

裝潢師傅:自助餐廳沒有靠背的椅子,是不是也可以叫做椅子。

康龍:當然也是可以。

裝潢師傅:我們現在這個會議桌這麼長,我們叫它桌子。那你做功課的小桌子,你是不是也是叫他桌子。所以不失椅子功能的東西我們就叫它椅子,桌子也相同。

裝潢師傅笑笑的對康龍點點頭說:看你已經比較不緊張,來打開你的筆記本,把變化的三元素定義再講一次。

康龍打開筆記本翻到前面幾頁:

1. 量: 也就是指能推動(質)改變的力量。

2. 相: 是指附著在(質)的外相。也是我們一般人常看到的外在現象。

3. 質: 是指事物的本體、本質,或為有型的軌道和無形的軌道,亦是一個實際要存在的事物。

裝潢師傅:你的筆記整理得很詳細,不錯。

裝潢師傅:以前的老師是用水做比喻來套入這個三元素。現在我們要改變來討論發展邏輯,所以我們要用事的發展案例來討論。

　　裝潢師傅:康龍如果你有一個夢想要去實現。哎!這個假設你可能會很難去推論,我們換一個別的案例。

　你先把眼睛閉起來,然後想像你是現在國家的內政部部長,你接獲到一個大的任務要完成。再來你回到辦公室第一件事情要做什麼?

　　康龍:把重要的幹部召集到會議室來,告知我們有新的任務需要執行。

　　康龍停頓下來,裝潢師傅問:再來呢?

　　康龍:老師我沒有經驗,我不知道下面要怎麼做?

　　裝潢師傅:這個案例還是太大,我們再換一個。

如果你想這一次期中考後,來一個全班野外快樂的同學會。然後你要怎麼做?

　　康龍:我會找幾個要好的同學討論時間、地點、方式。

　　裝潢師傅搖搖頭:你再想一下我剛剛講的題目。

　　康龍:喔!是要全班都參加,那我就叫那幾位同學再去邀請其他的同學。

　　裝潢師傅也再次搖搖頭。

　　康龍:老師這種做法不對嗎?

裝潢師傅:不是不對，是沒有效率不科學。你應當可以在班會裡面提出你的理想和目標。如果班會通過，大家也提議你當領隊及總計畫。好！那你下課以後你要做什麼、怎麼做。

　　康龍:我會把幾個要好的朋友找過來討論時間、地點、方式，然後跟班上同學講計畫內容。

　　康龍停了下來，裝潢師傅問:沒有了嗎？

　　康龍搖搖頭。

　　裝潢師傅:我們學習變化邏輯的目標是要把做事情變成有條理、有科學、有效率。你還記得之前的老師教你，學習變化的第一個工具是什麼？

　　康龍翻了一下筆記本:【分割是執行的開始】

裝潢師傅: 其實你不要小看，全班快樂的同學會是一個很簡單的工作。

1. 他需不需要目的地的交通規劃
2. 你們要不要在野外用餐
3. 全班都來了到達目的地要不要康樂活動
4. 人那麼多要不要分組管理安全的問題
5. 要不要準備一些簡單的急救藥包。那麼多的事情你一個人忙得過來嗎？

　　裝潢師傅微笑看著康龍

　　康龍也微笑回答:我知道老師的意思。就是第一次開會，就要把分工的工作分配好。

裝潢師傅:現在最困難的工作要開始了,過了這一關,你差不多是跨過了發展邏輯的門檻,但不代表你已經及格了。

我們就用剛才討論,全班野外快樂同學會的過程。看看能不能與變化的三元素套在一起。

康龍:老師的意思是要把同學會的發展過程,分門別列的把量、相、質三元素套在一起?

裝潢師傅:對。

康龍摸摸頭打開筆記本說:

第一個是量: 也就是指能推動(質)改變的力量。

第二個是相: 是指附著在(質)的外相。也是我們一般人常看到的外在現象。

第三個是質: 是指事物的本體、本質,或為有型的軌道和無形。

康龍:看這個量、相、質的定義,是不是要先找出質是什麼?

裝潢師傅:對。那你覺得哪一個事項是代表(質)

康龍回想著整個過程,喃喃自語的說:我先有了一個構想,然後再找幾個好朋友來討論,要怎麼去執行。後來我們提議到班會討論做方案修改及定案。然後時間到了,我們就按照原議案出去野外開同學會。……

裝潢師傅看康龍停下來:在這整個過程,唯一不變的你覺得是什麼東西?

康龍想了 5~6 秒鐘說:要去野外開同學會。

裝潢師傅:對!去野外開同學會,就是你們這整個事件發展的(質)。也可以說是,你們這一次要完成的目標。

你還記得質的特性,只有一個而且他是永遠不變的。好,還有兩個你要怎麼推?

康龍小聲的唸:(量)是指能推動(質)改變的力量。推動……老師推動可以把它看成是執行嗎?

裝潢師傅:對!正是。

康龍又小聲的唸:(相)是指附著在(質)的外表。野外開同學會……他的外表是什麼……老師我投降想不出來。

裝潢師傅笑笑的說: 這個不是你的錯,因為這個案子太小了。而你的下意識裡面,又會覺得(相)是會變動的。然而你又看不到有變動的地方,所以你自然就會覺得很迷惑。

如果我們把時間移到前面去,我剛才我不是有提到假如你是內政部部長,上司有交代一項重要任務要你去完成。

裝潢師傅笑笑的看著康龍:你要不要練習當內政部部長一下。

康龍笑笑的說:好,有講不對的地方,請老師馬上糾正一下。

裝潢師傅:不用急,先整體的想一下。

大約過了 1 分鐘康龍說:回到部裡面,我會先召集所有的幹部。要所有的幹部,對這一次的任務提出看法,然後訂定出,可以結合當前的環境,並可完成任務的具體理想目標。有了目標以後我們就開始任務分工,然後分頭進行。

康龍停了下來,看著老師。

裝潢師傅說:對於大型的會議,這種會開完會等於沒有開。你還記得上一次所講的,動態中變化的四大要素嗎?所以你是不是要想一下,如何把時間和空間的要素加進去。就如剛才野外開同學會的案子,就是因為時間太短,所以你感覺不到相的存在。

康龍看著老師說: 老師可以提示一下嗎?
裝潢師傅說:好,你是不是國中讀完以後,再來讀高中。

康龍摸摸鼻子想了一下說:啊!是階段。對,大任務要分階段來完成,並且要分對象實施不同的方法。老師這樣是不是時間和空間都有了,而且(相)也跑出來了。

裝潢師傅說:其實我們一開始所講的;假如你有一個夢想要去執行;或你是內政部部長接任務;或是開班會。這些事項的發展要領是完全相同。

裝潢師傅說:好,今天我們用了不少時間,講太多可能會干擾到你今天的吸收。我們來整理一下,你順便把他寫下來。

發展的（量）就是指，去推動或是執行理想目標的動能。講白一點就是執行力。

發展的（相）就是指，在執行過程中，所使用的初期方法或是方案；中期的方案；末期的方案。

發展的（質）就是指，要去完成的一個夢想或是任務。

裝潢師傅：你寫了這麼多有不懂的地方嗎？

康龍：我回去再看一下

裝潢師傅：好．現在我再給你一個家庭作業，就是你回去以後把變化的量、相、質；和發展的量、相、質，它們有常用的一般名詞，盡可能一一的把他題列出來。

裝潢師傅：我知道你這兩個禮拜要準備期中考，我也不想打擾你，那我們 2 個禮拜以後再見。今天討論的內容你還有其他問題嗎？

康龍：現在很亂，也想不出要問什麼問題，我回去再整理一下。下一次再來問好了。

裝潢師傅說：好，會讓你辛苦了。那你先離開了，我要過去那邊再整理一下工具，然後就要關門，再見。

康龍：好，老師再見。

換湯不換藥　但是問題的重點

換完湯以後　藥性依然要存在

我們也應該要懷疑

歷史到底是要講變化

還是歷史是要講發展

那發展與變化

他們的藥根性　是不是相同

變化與發展

用一個同樣的邏輯來推論

這是一個很大的挑戰　你有什麼看法

十二．發展現象的型態

康龍離開老師後，整個大腦還是在想變化與發展的關係坐電梯下樓的時候，他打開手機看到佳慧來電他立即回電。

佳慧開口就問：你為什麼把手機關掉。

康龍：我在圖書館裡面當然把手機關掉，怎樣你找我什麼事。

佳慧：你好像過了幾天，就有一天會把手機關掉。

康龍：我就快要到家了，你有什麼事要找我。

佳慧：我有一題數學不太懂，要你再教我一下。

康龍：你不能傳 mail 給我看嗎？

佳慧：我要你現場教我，這樣我比較懂。

康龍：好啦！那星期六我們在圖書館碰面我再教你。

終於考完試了……

佳慧就來電問：禮拜六或禮拜天要不要出去走一走。

康龍：你要先確定你家裡的事都做好了，我們再約時間，要不然我又要被放鴿子。

佳慧：你很小心眼，那個事已經過了那麼久，你還在生氣是不是。

康龍：好啦，我們星期天早上出發，就到基

隆港去玩和夜市，然後吃中晚餐。

　　佳慧：我這次絕對不會放你鴿子。

　　康龍也想，大腦連續用了好幾個禮拜，就趁這個機會，好好的解放一下。反正考完試了，還是先放鬆一下好。

　　星期一又到了，康龍下課回到家看不到媽媽。然後打電話給媽媽問：媽咪今天有沒有我的信。

　　媽媽：我還沒有回去，我回去再看看信箱裡面有沒有。

　　康龍：媽咪你幾點要回來。

　　媽媽：大概再半個鐘頭就回到家。

　　康龍：好.謝謝媽咪。

　　康龍聚精會神的在寫，老師教給他的家庭作業，並沒有聽到媽媽回來的聲音。

　　媽媽在客廳呼叫：康龍你的信來了。

　　媽媽問：你好像很在乎補習班的信。

　　康龍回答：因為他們有辦免費的講座，又講得很好。

　　康龍覺得自己保密得好辛苦，但他相信老師講的話，一定有他的深層用意。

　　康龍回到自己的房間，一看又是和前 3 周一樣的補習班廣告信。打開一看，要相約的時間地點跟上次一樣，星期四晚上 7 點。

　　到了星期四晚上，康龍帶著筆記本，也是提早了 15 分鐘到大樓。大樓警衛問他要到幾樓，康龍回答：7樓之3。

　　警衛先生說：搭右邊那台電梯

　　康龍點頭說：謝謝。

　　康龍到了 7樓之3，他看到門還是開著。
他探頭看問了一下：有人在嗎？

　　裝潢師傅：是康龍嗎？

康龍聽到是老師的聲音立即回答：是的老師。

　　裝潢師傅走了出來：來我們到另外一邊
去，那邊沒有甲醛的味道。

　　康龍跟著老師走，到了一間很氣派的會議
室裡面。

　　裝潢師傅：來這邊坐。

　　康龍看到老師坐的旁邊，有空的便當盒問：
老師剛剛才吃飽飯嗎？

　　裝潢師傅：對，來先坐下來休息一下，那你
吃飽了沒有？

　　康龍：吃飽了。

　　康龍這一次比較聰明，他多帶了兩瓶水，
就拿了1瓶給老師。

　　康龍：老師請用水

　　裝潢師傅笑笑的說：你很用心，謝謝！

　　裝潢師傅：這次期中考順利嗎？

　　康龍：可以啦！

　　裝潢師傅：好，我們就依照慣例，我先問你
有什麼問題？

　　康龍：老師，我女朋友好像發現，我每星期

四晚上都會真空一段時間。

　　康龍:老師,我們下一次可不可以改成星期三晚上嗎?

　　裝潢師傅:好,沒問題。還有其他問題嗎?
康龍從筆記本中抽出一張表格:老師,這是老師上一次交代我的家庭作業,請老師看一下這樣寫對不對。

	變化	發展
量	溫度 壓力	執行 貢獻
相	冰 水 氣	方案 階段 方法
質	H2O	理想 目標 目的

裝潢師傅:你寫得不錯,不過還有很多可以寫的。於是裝潢師傅叫康龍拿筆出來。

　　裝潢師傅:量、相、質在動態發展的狀態下,不會單單只有你現在所寫的這些名詞。

　　裝潢師傅:我把它說出來,你就寫在這個表格後面。

　　裝潢師傅: 量的後面加上(推動.人數)。相的後面加上(手段.計劃.段落)。質的後面加上(任務.標竿)。一定還有很多相同的名詞可以用。

　只要你記住量是可以操控、推動的。相是外在的可以看得到、感覺得到的。質是存在的而且只有一個。這三個要領記住是很重要的。

	變化	發展	老師
量	溫度 壓力	執行 貢獻	推動.人數
相	冰 水 氣	方案 階段 方法	手段 計劃 段落
質	H20	理想 目標 目的	任務 標竿

　　裝潢師傅:康龍,到這裡有問題嗎?

　　康龍:目前還沒有。

　　裝潢師傅:好.那我們進入今天的主題。

　　裝潢師傅:你還記得變化與發展是什麼關係?

　　康龍:有點像積木在堆疊的效應。

　　裝潢師傅:好.如果有很多人在堆疊積木,那他堆疊出來會是一樣的型態嗎?

　　康龍:不太可能會有相同的型態。

　　裝潢師傅:好.發展是慢慢堆疊出來的,所

以他也會產生一些不同的型態出現。目前我用他點的累積曲線表現，把它分成兩種型態。一種是單系列的發展型態。 另外一種就是複系列的發展型態。

　　裝潢師傅:單系列的發展型態，他的型態特性是，當量變達到相變後,相的曲線的型態性質，也只有一條主軸呈現。

　那複系列的發展型態，他與單系列的型態特性，不同是它的主軸，會有兩條以上的發展現象型態。

　　康龍插話:老師，認識這個發展型態很重要嗎？

　　裝潢師傅:重要.重要.很重要

　　康龍:聽老師這麼講我的血都熱起來了。

　　裝潢師傅:如果你的體積跟螞蟻一樣大小，那你要去摸一隻大象，會不會像瞎子摸象，摸到尾巴說是大麻繩。永遠不知道大象的完整長相。

　如果我們可以預先知道發展現象的型態。那大家可以凝聚共識，力量是不是可以集中，就可達到事半功倍的效應。而且我們都知道要發展事務，勇氣和智慧兩個是不可缺少的。

　　裝潢師傅:康龍，你可以告訴我勇氣和智慧要如何用在事物的發展過程。

　　康龍:老師我知道，勇氣和智慧兩個都很重要。但是什麼時機，要用到勇氣或是智慧，我真的沒有想過這個問題。

　　裝潢師傅:好沒關係,後面你就會知道。今天比較特別,我們就先聊到這裡。因為你的女朋友等一下會來電。

　　康龍聽了嚇了嘴巴開開的。

　　裝潢師傅:不過你還是有一個家庭作業,就是你回家要上網去查一下,什麼是螺旋桿原理和圖形。

　　康龍:好,那我先離開了。謝謝老師,老師再見。

　　裝潢師傅:麻煩順便把門關上,謝謝。

　　康龍下了電梯,正往大門走時。他的手機真的響了。拿出手機一看,真的是佳慧打電話來。康龍心裡很忐忑,難道老師是跟神一樣嗎?還是他們就是神?

為什麼你跟很好的朋友在一起

要互相用綽號來稱呼

因為 ??? ???

同樣的邏輯 用在發展現象的共識研究

順暢的稱呼 就會很重要

甲、單系列發展現象的型態

相對事物的發展型態（一）

　　康龍一回到家，就打開電腦就查螺旋桿的資料。並下載一張螺旋桿的圖，再輸出這張圖。

　　他就拿著一張圖片，去問他老爸這個是幹什麼用的。

　　老爸：我是搞文科的沒有看過這個東西，不

過很像旋轉樓梯。

　　到了星期六下午，康龍和佳慧並面。康龍問佳慧：你有看過這個東西嗎？

　　佳慧說：我叔叔家裡就是在做這一類的東西。

　　康龍眉開眼笑的說：我可以到你叔叔家裡，去請教叔叔一些問題嗎？

　　佳慧：現在嗎？

　　康龍：可以嗎？

　　佳慧：我先打電話問看叔叔在家嗎？

　　佳慧打了電話，叔叔說他剛好在工廠，於是兩個人往叔叔工廠過去。

　　到了佳慧叔叔工廠，康龍看了嚇了一跳。有好幾米長的螺旋桿，架子上也有一些手掌大的螺旋桿。

　　佳慧就向叔叔介紹康龍並說：他想看螺旋桿是長得什麼樣子。

　　叔叔：康龍歡迎你來參觀。

　　康龍眼睛一直瞪著，那個好幾米長的螺旋桿。

然後問叔叔：這麼長的螺旋桿是做什麼用的。

叔叔：這個螺旋桿的外面加了一個圓形管，上面再加一個旋轉馬達，那有顆粒的東西，就可以順著這個管子，從下面送到上面去。

　　康龍接著繼續問：那架子上的小螺旋桿是做什麼用的？

叔叔:很多用途都可以用的到,你在菜市場裡有沒有看過豬肉攤的絞肉機。

康龍點點頭說:有,我看他們的豬肉,從上面放下去然後從側面出來,出來都像是已經切好的小粹肉。

叔叔:對.裡面就是有一個馬達,加一個螺旋桿。這個螺旋桿就是把肉一直往前推,所以小碎肉就會跑出來。

康龍微笑點點頭說: 謝謝叔叔這麼詳細的介紹。

叔叔:佳慧,晚上在這邊吃飯。

佳慧:謝謝叔叔,不用了我和康龍,等一下還要到其他地方一下。

佳慧看著康龍:你還有問題要問嗎?

康龍:沒有了。

於是兩個人和叔叔說再見,然後又跑去逛街了。

逛街時佳慧實在憋不住了,開口問康龍:你要做什麼科學實驗嗎?要不然對螺旋桿問了這麼詳細。

康龍:不是.前幾天我在等紅綠燈的時候。有兩個人在爭論螺旋桿長短的問題。那我就覺得很奇怪,我有聽過螺旋槳沒有聽過螺旋桿。上網查了一下,也不太清楚他的用途。 不過今天全部都知道了。佳慧要給你嘉獎一次。

佳慧:你要怎麼嘉獎我。

康龍：晚餐我們去吃好吃的。

佳慧：不夠．還要外加一場電影。

康龍： 是．長官。

星期一的晚上康龍收到一通簡訊。裡面寫著（康龍．星期三晚上 7 點，我們在公所對面的 16 層大樓門口見面）。

康龍立即打電話，問一位住在公所附近的同學說：公所對面是否有一棟 16 層大樓。同學說：有。康龍向同學說聲謝謝，然後寒軒的一下。

康龍想了一下，覺得騎單車應該比較快到公所。

到了星期三晚上 6 點半，康龍出門騎單車到市公所附近。因為第一次到這邊，所以他提早了 18 分鐘到達。沒想到他等了 3 分鐘而已，就有一個西裝筆挺的中年人走過來。

跟康龍說：康龍．我們到 10 樓的辦公室聊聊吧。

康龍很訝異地說：老師不是台灣人嗎？

老師：對．我是新加坡人。這家公司請我來當一個臨時的技術顧問。

康龍就跟老師一起上電梯到 10 樓。辦公室是鎖著，但是老師有鑰匙可以打開。我們就來到一個會議室，康龍就拿出兩瓶飲料，一瓶給老師一瓶給自己。

康龍：老師請用。

技術顧問：我就聽說康龍是很客氣的，嗯真
的很客氣。但是你不要太拘謹，這樣會太緊
張。

技術顧問：好．你有什麼問題要先問我嗎？

康龍就從筆記本裡，把螺旋桿的圖抽出
來。

康龍：上一次老師要我查的螺旋桿，請問是
不是這個樣子。

技術顧問：對．就是這個樣子。那你有看過
實體的東西，知道他的功能嗎？

康龍：原物理學的觀點來講就是，桿子旋轉
後會把後面的東西往前面推。

技術顧問：不錯喔。還有其他問題嗎？

康龍：沒有。

技術顧問：好．那我們來談單系列發展現象
的型態。康龍我問你，單系列發展現象的型
態，他（相）在變化曲線的型態主軸有幾條。

康龍：只有一條。

技術顧問：所以他只會有一種型態呈現對不
對。

康龍頓了一下，覺得老師這樣問好像有陷阱：
如果發展是像堆積木一樣，哪一個主軸也應該
可以發展出很多型態。

技術顧問：康龍．你的警覺性很高．不錯

技術顧問：目前我們發現有兩種型態。
第一種我們暫時稱呼他為（翹翹板形的發展型

態）。第二種他的型態比較像，一顆石頭丟到池塘中間，然後產生圓形水波，由中心點一圈一圈的一直往外擴張。所以這一種現象，我們稱之為（同心圓發展型態）。

　當然我更希望你能更進一步的發現出其他發展型態。

　　技術顧問：我們現在談翹翹板型的發展型態，我想你應該知道什麼叫做蹺蹺板。

　　康龍：老師是不是講，公園裡面中間有一個支柱，然後跨上一塊長木板兩邊可以坐人，然後忽高忽低的玩耍。

　　技術顧問：對．小朋友玩耍的公園裡面，幾乎百分之百都有。好我再問你精神比較重要，還是物質比較重要。

　　康龍：總合來講兩個一樣重要。

　　技術顧問：那如果是在動態中，你當下會怎麼選擇。

　　康龍：要看當下我們欠的是什麼東西，所以這個很難下定論。

　　技術顧問：為什麼很難下定論？

　　康龍：因為大部分的人，都很難知道現在他所需要的是什麼東西。

　　技術顧問：所以看到什麼或是想到什麼，拿過來用就對了。

　　康龍聽了蒙著嘴巴在笑。

　　技術顧問：你想到什麼東西，那麼好笑嗎？

康龍不敢真實的說出來就說:沒有啦,沒有啦。

技術顧問:有好笑的就要說出來,大家分享一下。

康龍低著頭說:我之前聽一些當兵的阿伯說,兵當久了,看到母豬都會變成貂蟬。
技術顧問也笑了幾聲說:那我是母豬還是貂蟬。

康龍嚇了一跳說:沒有啦,沒有啦。請老師不要生氣。

技術顧問笑笑的說:不會啦,上課輕鬆一點也好。

技術顧問:好.我們回歸到主題。我們用精神與物質來談人生的過程中何者為重。我想一般人就會認為,兩個都很重要。

但是有些人會,一下子以為物質很重要,過一陣子又換為精神很重要。精神與物質的重要性,就變成像玩翹翹板一樣,一下子這邊重要,一下子那邊重要。

所以我把這一類型的發展現象稱之為(翹翹板型的發展型態)。但如果從另外一個角度來看,也就是說從動力學了這個角度來看。他的型態就會變成這一張圖。
技術顧問從口袋裡面掏出了一張圖

成長型的翹翹板圖

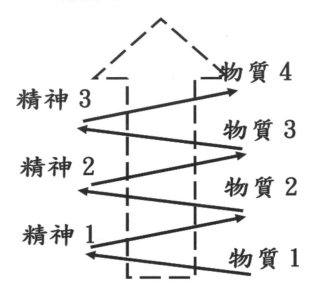

　　技術顧問：你看這張圖跟你剛才拿出來的螺旋桿圖，是不是有一點像。

　　技術顧問：康龍.我想你已經了解了，螺旋桿的工作原理。你要不要嘗試一下，把這兩張圖的邏輯套在一起。

　　康龍把兩張圖放在一起，想了一分多鐘。

　　康龍：老師我試試看，講錯了不要笑我。

　　技術顧問：看你的態度我就很高興了，怎麼

還會笑你呢?

康龍:這圖的物質 1,做完了以後再往精神 1 前進。精神 1 完成後再往物質 2 前進。依此類推第 3 層以上的工作。然後中間往上的箭頭,就是絞肉機出碎肉的出口。

技術顧問看著康龍,等了幾秒鐘問: 不錯.我給你 80 分。不過我需要你再補充一些問題。
1) 你說物質 1 做完以後,再往精神 1 前進。請問你如何判斷物質 1 已經做完了。
2) 絞肉機的碎肉出口和發展有什麼關聯。

康龍:老師可以暗示一下嗎?

技術顧問微笑一下:
1) 理想狀態的愛情和麵包是如何發展出來的
2) 要結合變化三元素。

康龍:老師我可以先回答第二題?

技術顧問點點頭。

康龍:絞肉機的碎肉出口,就是變化三元素裡面的(質)。也就是說絞出碎肉,就是絞肉機永遠的目標或目的。

康龍喃喃自語:理想狀態的愛情和麵包。老師我試著練習推推看。

技術顧問:好啊。

康龍:要理想的話,應該是先把經濟基礎打好,在求愛情路的發展。當情感穩定後,想組織一個家庭,這就是精神 1 的境界。

到此經濟的基礎條件就要更升一級,然經濟基礎儲存夠了，這就是物質 2 賣房子。然後就會想有愛的結晶，這時就晉升到精神 2。

有了小孩以後，夫妻就會更認真的建構更好的物質條件這就是物質 3 的狀況。老師大概這樣的推演對嗎？

技術顧問：嗯.有抓到重點了。

技術顧問：其實台灣今天有這麼好的文化和經濟的基礎，並非憑空而來。這個一段歷史的問題，你可能比較生疏。

國民政府剛到了台灣，以發展經濟為重點。後來他們覺得國內文盲的人數太多了，這樣會不利國家往後的發展。過了幾年政府的經濟轉好了，就強迫所有適齡的兒童要實施義務教育。

因此所謂物質 1 經濟，已經到達一個成熟階段，有足夠的經濟能力，可以再往上發展精神層面的全民義務教育。

我個人的觀點，也因這個基礎也奠定得早，也使台灣發展出一個傲人的成績單。後來再發展各項重大建設，再加 9 年和 12 年的國民義務教育繼續的發展下去。

就因為是物質及精神相互的往上堆疊發展，所以台灣才有今天傲人的成績單。

技術顧問：康龍.我再問你一個問題。如果一個人永遠只重視物質的發展，那他長期下來會變成怎樣？

康龍立即的搶答：會變成機器人。

技術顧問笑笑的看著康龍。

康龍:老師對不起開個玩笑。我的意思一個人如果永遠的只追求物質發展,那他的情商值會很差。一有碰到困難或是障礙時。有可能會解不開自己的束縛。

技術顧問:你有碰過這個問題嗎?要不然你回答怎麼那麼詳細。

康龍:是有一點類似,但是不太一樣。大約1年多前,我自己發誓要開始好好讀書,天塌下來我都不管。但是才經過了一個多月,我開始覺得不快樂了。有一點小挫折,就想怪別人。後來就因為碰到佳慧,生活才開始又漸漸恢復正常。

技術顧問:既然你已經有這方面的經驗。那我問你,你要如何的把翹翹板型發展的型態,整理出一套基本邏輯出來。

康龍有一點不好意思的說:老師這個太難。

技術顧問:好. 沒關係我們一步一步地來。先把變化三元素提出來。在這翹板型的發展型態圖裡,你覺得最明顯的是什麼?

康龍:物質 1、精神 1、物質 2、精神 2 這些字。

技術顧問:那這些詞句是三元素裡面的什麼?

康龍:應該是(相) 。

技術顧問:好.再來第二個最明顯的是什麼?

康龍:中間最明顯的往上箭頭。

技術顧問:那這個箭頭是什麼?

康龍:應該是(質)。

技術顧問:應該說是(質)的目標主軸。那剩下來的就是斜斜箭頭的(量),你覺得要怎麼解釋他?

康龍:能量是可以累積增加的,所以他會斜斜的往上爬。

技術顧問:對.答案的重點,就是能量是會累積增加的。

技術顧問:康龍.你可能要拿筆出來做一些筆記。你應該有聽過,有些同樣的動物或是植物,他們會有俗名和學名兩種不同的名稱。相同的我把翹翹板或螺旋桿的發展模型,稱為俗名。那學名我會把它稱為(相對事物的發展模型)。

技術顧問:康龍.你要如何定義俗名和學名?

康龍:老師我的功力沒有那麼強。

技術顧問:好.沒關係,你用筆把它記下來。俗名比較生活化,比較親切。學名比較接近事物本身特性邏輯的分類。

技術顧問:好.我們來分析一下什麼是(相對事物的發展)。來.我們兩個人這樣面對面的坐著,是不是叫做相對。

康龍被問到傻掉了,不知怎麼回答,最後說: 好像是有相對,但是好像又欠一個東西什麼東西。

　　康龍突然間想到：老師．如果只是面對面坐著就是相對，那公車上面對面和在馬路上面對面相肩而過，那不是都叫做相對。所以應該是兩個人以上同在一起，而且共同去做一個相同目標的事物，這樣發展出來的事物，才能稱為相對的事務。老師這樣可以嗎？

　　技術顧問：你提這個比喻很恰當。有把變化的三元素提列進去。來你再把筆拿起來。我現在要講的這一段很重要，你可以做特別的記錄。就是在（相對事物的發展過程中），有兩項你一定要特別的注意。
第一．要注意到整體的平衡效應。
第二．也是要注意到成長目標的達成。

　　技術顧問等康龍把筆記都寫完時又強調一次： 一定要注意平衡又要注意成長，這樣才能完成相對事物發展的目標。

　　技術顧問：我們後面還有一個很大的系統，叫做相關論。

　我們一般人會吧，相對、相反、相比、相似、、混合的亂用。這樣要去研究變化邏輯的話是一種傷害。我這樣講你可能還體會不到，不過以後你就會知道。

　　技術顧問：今天我們聊了有點長，我想你大腦裡面已經很亂了，也應該回去整理沉思一下。

技術顧問:康龍.你下個禮拜應該沒有特別的事吧！如果沒有特別的事我們就繼續下去。因為我來台灣只有3個禮拜，所以說下下禮拜我就不在台灣了。

康龍:老師那麼快就要離開這裡。

技術顧問:對。你也差不多要離開了，因為有人要找你。等一下離開，請把門關起來。

康龍:好，那我就先離開了。感謝老師今天的教導，老師再見。

康龍離開老師後，邊走邊想一定是佳慧要找他。出了電梯往大門走時，手機真的響了。拿起手機一看是媽咪打電話來。他說，他在夜市要不要吃什麼零嘴。

康龍: 我要吃炸排骨。

康龍和媽咪講完電話。心裡面想，趕快先打電話給佳慧，免得他等一下先來查勤我。

1. 先有武功秘笈重要 還是有名劍重要

2. 有好方法 就不需要好工具了?

3. 當你碰到上面的狀況 你要怎麼抉擇

單系列發展現象的型態

同心圓的發展型態（二）

平平順順過了 3 天……。

星期天早上佳慧打電話給我說：下午我們到士林走一走，晚上到士林夜市吃小吃好不好。

康龍：好啊！但是不要太晚回來，因為我明天有數學的小考。我需要再準備一下。

兩人快樂的玩了一個下午，康龍回到家就複習了數學課題。大約過了半個多鐘頭，他就準備要洗澡睡覺了。但是他突然想到明天又是星期一，老師應該會傳簡訊給他。於是內心又開始燃燒一種期待的慾望。

但是又想到，他還沒有複習上個禮拜的內容。心裡面的滴咕咕的講，明天回來一定要記住這件事情。

到了星期一中午，他終於收到老師的簡訊。簡訊內容和上個禮拜一樣（康龍.星期三晚上 7 點，我們也是在公所對面的 16 層大樓門口見面）。

這時康龍想到，在那棟大樓的門口隔壁，有一家便利商店。因為他想先問老師要喝什麼飲料，所以必須早一點到便利商店門口等老師。這樣才有機會問老師，喜歡喝什麼飲料。

到了星期三晚上，他想必須提早的 10 分鐘出門，所以 6 點 20 就出門騎單車到市公所附近。

大約 6 點 45 分，康龍看到老師從他右側走過來。就急忙地跑到老師面前問：老師我們買兩杯飲料他樓上喝好嗎？

　　技術顧問：好啊。

　　康龍：那老師要喝什麼

　　技術顧問：隨便。

　　康龍：兩杯咖啡好嗎？

　　技術顧問：好啊。

　　康龍：那要熱的還是冷的？

　　技術顧問：熱的，小杯就好。

　　康龍：好.老師要不要先上去，我馬上就上去。

　　康龍端著兩杯咖啡上樓。

到了辦公室門口，他探頭問了一下：老師你在哪一邊。

　　技術顧問：跟上個禮拜一樣的地方。

兩人又相對的，坐在上個禮拜同樣的位置。

　　康龍：老師請用。

　　技術顧問：康龍.嗯真的客氣又用心。

　　技術顧問：好.我們就依照慣例，你先發問上個禮拜的問題。

　　康龍拿出筆記本：老師.對於相對事物的發展型態，我差不多都已經了解他的意思。所以我最近開始在圖書館查同心圓發展型態的模型有哪一些。

　結果有查到同心圓都市發展的型態；也有看到，某些研究是從核心往外推，推到創新的成果出來的計畫節奏圖。

　我看了很多同心圓的圖，突然之間想到，樹木的年輪也是一種同心圓的表現。老師今天我們要聊的（同心圓發展型態）是不是都有涵蓋這些。

　　技術顧問嚇了一跳：好.今天可以下課。

　　康龍也嚇了一跳看著老師，然細聲的說：老師…

　　技術顧問笑笑的說：你嚇我一跳，我也要嚇你一跳。

　　師徒兩人面對面笑了一下。

　　技術顧問笑笑的說：你把我今天要講的重點，大都已經講出來，所以我才說今天可以下課。

　　康龍：老師這樣講是代表（同心圓發展型態）的模式。在我們日常生活中，是經常可以看得到的嗎？

　　技術顧問：你剛才講的這麼多不是就印證了嗎？

　　技術顧問：不過還有一些要點，你可能還沒有想到。現在我們就以你送我的，這一杯咖啡講起。你看這一杯咖啡的外形，是圓的還是方的？

（（老師故意把杯子拿起來，停在康龍的正眼前，讓他只看到四方形的杯樣））

康龍：我現在坐著看是四方形的，如果我是站起來從上面看他就變成圓形的。

技術顧問：為什麼你需要從兩個方向，來看這一杯咖啡。

康龍：我們以前有學過製圖課。課程裡老師教我們，要應用三視圖就是正視圖、俯視圖、側視圖，把它整合在一起，才能把一件物質的結構，盡可能完整的不遺漏的透視它了解它。

技術顧問：不錯.你提到的兩個重點，第一個是結構；第二個是完整。在我們研究變化的人，結構和完整是兩個面向是很關鍵重要點。
結構這個概念你可能比較容易了解，但是完整這個概念非常的複雜，我們以後再找時間來討論。

技術顧問：好.你剛才所提到的三個（同心圓發展型態），是不是都從俯視圖來看同心圓的發展。那正視圖、側視圖你要怎麼看。

康龍：哇.這個就很複雜。例如都市型的同心圓發展的側視圖，他有樓房的高高低低，而下水道也是一套複雜的系統。

技術顧問突然之間說：好.你講這一些都是下下個單元所要討論的，我們來談論另外一個扁平的視角。也就是要推論同心圓發展的原理雛形。

技術顧問:你拿筆出來寫一下,我們推一下這個邏輯。

　　技術顧問: 你寫一下學前教育,然後這個學前教育,畫一個四方形框框。框框右邊再畫一個箭頭,右邊再寫上小學,然後小學一樣畫一個框框。用你的想像力依此類推再寫下去。康龍繼續寫下國中、高中、大學然後停下來。

　　康龍:老師要繼續寫下去嗎?

　　技術顧問:用你最大的想像力寫。

　　康龍就繼續寫下碩士、博士、博士後研究。

　　康龍:老師我就只想到這些。

　　技術顧問:你有聽過終身教育這個名詞。

　　康龍就把終身教育,再加上博士後研究右邊。

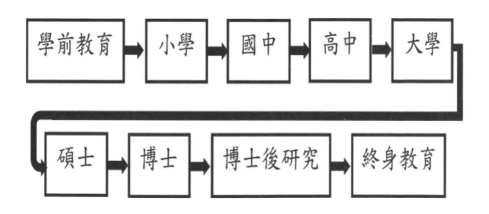

　　康龍:老師終身教育很龐雜,要怎樣再畫下

去。

技術顧問:等一下不用急,我先問你,這個圖你要給他什麼名稱?

康龍想了一會:我覺得應該叫,人生接受教育成長的過程圖。

技術顧問:嗯.可以。

技術顧問:那這個圖的形狀,你有名稱可以叫它嗎?

康龍想了半天搖搖頭說: 老師我想不到,可以提示一下嗎?

技術顧問:我叫你畫框框是有他的意義的。

康龍一直瞪著圖在看,隔了幾秒鐘。

康龍抬頭看著老師搖搖頭:老師我想不到。

技術顧問笑笑的說:你是知道的,但是你沒有聯想到。他可以叫做邏輯方塊圖。

康龍馬上問:方塊圖不是有很多旁支連出去嗎?

技術顧問:對.就是因為有這麼多的旁支連出去。你從正視圖的角度去看,他就是一個方塊圖。但是如果你從俯視圖的角度來看,你覺得他會變成什麼樣的圖?

康龍:嗯.好像有一點變成同心圓的發展圖。

技術顧問:對.看你好像有一點想通了。

技術顧問:好.我們就用剛剛你所提出來的,人生受教的成長過程圖。來排練一下方塊圖變成同心圓圖。

技術顧問:康龍.可以嗎?

康龍看著老師微笑的說:我需要一點時間。

康龍心裡面想著,方塊圖因為有了很多旁支連出來。所以從上面看下來,就變成同心圓的形狀。那幼稚園、國小有什麼旁支可以連出來。

康龍突然叫了一聲:啊有了。求學時各階段的課程。

技術顧問:嗯.不錯。再講詳細一點。

康龍:譬如幼稚園他要學習,歌唱、畫畫、運動、衛生教育…等等。
國小的課程有國文、數學、英文、社會…等等。越往外層的教育,會越來越複雜。

換句話說越往外層的教育,他的圈圈內函物,會越來越多越龐雜,所以圈圈自然會一層一層的變更大。

技術顧問:嗯.解釋很不錯,尤其是最後面這一段講得很好。雖然上一次我有比喻,同心圓發展的模式,有如一個石頭丟到湖心,水波紋一圈一圈的往外推。

但是這種水波紋,越往外圈它的力道就會越弱。可是真正的同心圓的發展波是越往外,波紋力道是越強,這樣才是同心圓發展的發展真諦。

所以你剛才最後面那一段有提到,後面圈圈的內函，會越來越多越龐大。因此圈圈會一波加一波的往外推。

技術顧問:好.你已知道同心圓的發展模式。現在你要開始練習，把變化的三元素套進去。你自己找案例，自由的發揮。

康龍:老師就用(人生受教成長的過程圖)好了。

接著康龍又打開筆記本，拿起筆來想了一下。他先畫了一個四方形的大框框，然後框框裡面，再畫了四條長線，變成了5個並列的長方形框框。

技術顧問看了開口問:變化不是只有三元素。你畫五行框框，是不是要把時間跟空間放進去。

康龍:對.我想完整的把它表達出來。

技術顧問:好.你就開始寫吧！

康龍就把量、相、質、時間、空間，這五項寫在各行的最前面。然後再畫一條垂直線下來。過一會兒，康龍就做出下面的表格以和內容。

量	追求新知識慾望的動力
相	小學、國中、高中、大學碩士、博士、博士後研究、終身教育
質	人生受教的需求
時間	0 歲~ ∞
空間	地球村

康龍表格製作好以後。

技術顧問看了一下說：你在相的格子裡面，再加上一句話。1.你（量跟質）的字義上，看起來好像有一點相同。如果在（量）的後面，加一個（動詞）兩個字這樣比較好區分。2.在相的欄位裡面。你所寫的是現在的教育分級，也就是現在的產物。像以前還有一個五專制。所以你無法猜測，以後的制度是不會改變了？

量	追求新知識慾望的動力　　**動詞**
相	小學、國中、高中、大學碩士、博士、博士後研究、終身教育 **以現有國家教育分級制**
質	人生受教的需求
時間	0 歲~ ∞
空間	地球村

技術顧問：康龍你還記得（相對事物的發展過程中），有兩項要注意的特事項。

康龍翻了一下筆記本：第一.要注意到整體的平衡；第二.也要注意到追求成長的目標。

技術顧問：好.那同心圓的發展模式，是不是也有應該注意的事項。

康龍想了又想就是找不到頭緒，然後開口說：讀書不就是按到這個步驟一步一步的往下走。

　　技術顧問：不是往下走，而是往上走。我看我們有需要，用三視圖的邏輯，重新來看同心圓的發展模型。如果我們用方塊圖來看，他會很像正視圖。

　如果我們是從俯視的角度看下來，他會是同心圓的圖。但是．如果你解剖側面，康龍你覺得他會變成什麼樣的圖。

　　康龍想老師剛才有暗示我，是往上面發展，他想了一下突然想到樓梯。他立即說：老師是不是像樓梯一樣，一階一階的往上。

　　技術顧問：好．那在我們日常生活中，有什麼東西是同心圓的樣子，但又有樓梯一階一階的往上。

　　康龍回答：公園的舞台劇場就是半圓的形狀，然後前面有一個舞台。

　　技術顧問：你講半圓形，那是不是只有講一半。你再想想看。

　　康龍一直在往舞台的形式想著，所以想了半天想不出答案

　　就向老師說：請老師給個提示好嗎？

　　技術顧問笑笑的說：地中海的羅馬。

　　康龍也笑笑的說：老師根本是直接的在講，羅馬競技場。

　　技術顧問：好．我們還是回到剛才的主題，同心圓的發展模式，應該注意哪些的事項。

康龍就想，有很多樓梯要爬，除了要練好身體以外，也一定要注意到怎樣省力的爬樓梯。

康龍再整理一下思緒說：第一個不能偷懶；第二個要發現自己的長處，才容易事半功倍與人競爭。

技術顧問：嗯．講得不錯有說到重點。因為等一下我還有其他的事，所以今天時間上會提早一點點。我就直接講重點好了。

技術顧問：看你要不要把它記錄下來，同心圓的發展模式要【多學多練多檢討和創新，再學再練再創新或找新路】。永遠循環再一階一階的往前進。有問題你也可以下個禮拜再問。

技術顧問：對了．跟上個禮拜一樣，等一下你離開，請把門關起來一下。

康龍：好，那我就先離開了。謝謝老師今天教我那麼多，老師再見。

康龍下了電梯，直接的反射動作，就是先打電話給佳慧。

康龍打完電話後，心理想我真的是現買現賣。多學多練多打電話。他邊走邊笑，然後問自己，這是聰明還是笨。

我們求學的形態中

就很像同心圓的發展方式

也就是我們求學的過程中

要多學　多練　多檢討和創新

但上面我還保留了一個

很重要但未說出的　目的要素

歡迎大家到

變化邏輯研究會 FB 社團　提問

111

乙、複系列發展現象的型態

　　到了星期五晚上，佳慧打電話給我說：本來星期天早上，才要回南部幫忙堂哥的婚禮的事。但現在爸媽要說要改成，明天中午就要下去幫忙。所以星期六我沒有辦法跟你去圖書館。回台北我再補償你一下。

　　康龍只能回答：好吧！但他心裡想，我又要單獨的過兩天。這時他心裡想，我不妨可以利用這個機會，到三芝找廟公聊聊天。

　　於是他回撥電話給佳慧的說：我明天要到三芝走一走，那邊山區風景不錯還很清幽。但可能有些地方不能接到電話，所以沒有接到電話，你不要急我一定會回撥給你。
佳慧也回答：好啦！知道了。

　　星期六早餐時，康龍向父母說：今天我要到三芝去走一走散散心。

　　媽媽說：好．但是不要太晚回來。

　　康龍：我大概 6~7 點會回來

　　康龍來到了三芝，心情很悠閒平靜的散步在稻田的小徑上。走著走著終於看到小廟在不遠之處。這時他的內心燃燒著一種快樂又怕落空的期待心境。

　走到廟正前，停頓了數秒看著廟的正門。然後踏上了幾步階梯，走進了大門。望著四周景物，依然相同的擺設，很愧疚的事我當時沒有認真的去認識廟裡的神祇。廟並沒有很大我走了一圈，沒有看到一個人。

從後門走出去，看到菜園裡面有 1 個人。我靠近了他，寒暄了一下問他是否是廟公。他點點頭說:有什麼事？

我說:請問一下，以前有一位鬍子長長的廟公，現在有在這裡嗎？

他說:之前的那一位廟公，身體不太舒服經常請人家代班。我接他的位置才一個多月，所以我也不知道你講的是哪一位。

康龍:好. 謝謝您。

康龍回頭又走回廟裡面，再繞了一圈。很失望的走出廟的大門。走了十幾公尺，回頭再轉身望著這座廟許久。

大聲叫著:廟公~~ 我好想你！

康龍踏著失望的步伐，走著走著又回到公車站牌。他想回家好了，就請下個禮拜的老師轉告一下，應該還可以看得到廟公。

平平順順過了 2 天。今天是星期一，康龍想我今天應該可以收到新的簡訊。
終於在中午快 1 點的時候收到一通簡訊，簡訊內容寫著樣(康龍.星期三晚上 7 點，我們在區公所後方，有一棟紅色的 12 層大樓。我們就在大樓門口見面)。

康龍靜靜的想了一下，區公所後方紅色的 12 層大樓。然後自言自語的說:啊.我知道是那一棟了。

到了星期三晚上，他想一樣要提早一點出門，所以 6 點 20 就出門騎單車到市公所附近。

　　大約 6 點 40 分，康龍到了紅色大樓的門口。

康龍想今天可能換新的老師，也不知道老師喜歡哪一種飲料。而且這邊的便利商店，離大門口大約有 5 間店的距離。因此他想等老師來了，問清楚以後再跑過去買飲料。

　　所以他就在大門口等著老師來。大約過了 8 分鐘，有一個身材很棒的小姐，向我這一邊招手。隔了 3 秒鐘他又招手一次，這一次我轉身看一下，我的四周都沒有人。然後他就用食指，指著我點了三下。我也用食指指著我，這時他就點點頭。

　我就往便利商店方向走過去，心裡面想這麼年輕的小姐，不會是我今天的老師吧！

　　走快到那位小姐的前面，她就開口說：康龍今天換我來跟你聊一些變化的問題。

　　康龍很驚訝的皺著眉頭，然後開口說：謝謝老師。

　　老師說：今天我請客，你想喝什麼飲料。

　　康龍：就跟老師的一樣，這樣比較好點。

　　老師付完帳以後，康龍說：飲料我來拿上去。

　　師生兩個人就往大樓方向走過去。

老師說：我暫時在這個六樓的公司，當臨時秘書。剛才你第一眼看到我，我說是你的老師，你好像很不相信我講的話。你坦白地講，那時你心裡面在想什麼？

　　康龍微微的低頭說：我以為是那一個姊姊要叫我幫他做什麼事？

　　秘書老師說：我年紀不小了，還叫我姊姊。

　　康龍：但是老師身材很棒，一定有很多人會這樣叫。

　　秘書老師說：以後你的佳慧也差不多是這種身材。

　　師生兩個人說著說著，就已經到了六樓辦公室門口。

　　秘書老師開了門走進去說：來．跟我到那邊會議室。

　　師生兩個人也是一樣面對面坐著。

　　秘書老師開口問：剛才我說你的佳慧，以後也會有這種身材。你似乎停在一種小鹿亂撞的心態。我聽說你很聰明常會把事物聯想在一起。

　　秘書老師：我們現在要開始上課，你不要再胡思亂想，要不然我會生氣。

　　康龍：老師對不起。您你好像很會看透別人的心，我不敢再亂來。

　　秘書老師：你飲料再喝兩口，我們正式開始。

秘書老師:前兩週你上的單系列發展型態，你有什麼問題要問？

康龍打開筆記本問:單系列發展型態的重點，好像都有循環再演進的特色。上個禮拜我有看到一本王陽明的書，裡面有提到他的名言（知是行之始，行是知之成）。如果要讓這個邏輯有循環再演進的功能。應當變成（知是行之始，行是知之成，成後求新知）。這樣才能達到真正進步再演進的完整邏輯。

秘書老師微低著點點頭在笑:講得出乎我意料，你還會批判名人，難怪很多老師都說你很聰明。

秘書老師:好.還有其他什麼問題嗎？

康龍本來要開玩笑的回答，但想了一下還是正經一點:目前沒有。

複系列發展現象的型態

枝幹形的發展型態（一）

　　秘書老師:好.那我們來談談複系列的發展模式。我們先複習一下,單系列發展的型態特性是什麼?

　　康龍打開筆記本說:當量變達到相變後,相的曲線的型態性質,只有一條主軸呈現。

　　秘書老師:好.那複系列的發展模式呢?

　　康龍:它相變後,曲線的型態主軸,會有兩條以上的發展現象。

　　秘書老師:好.那你有沒有想過,什麼是兩條以上的主軸發展。

　　康龍收起開玩笑的心情,很正式的說:老師.之前沒有認真的問過其他老師,什麼是一條主軸(其實是康龍忘了)。所以我現在想不出,什麼叫做兩條以上的主軸。

　　秘書老師看康龍,好像很緊張的樣子,立即說: 不要那麼嚴肅,就像以前一樣就好。這樣你才會,有很多靈感出來。

　　康龍:是.老師。

　　秘書老師:好吧！我就直接跟你講答案好了。不過你心情要放輕鬆一點,這樣你的思路才會靈活。你拿筆出來記一下。

秘書老師：所謂兩條以上的主軸，就是同一個時間裡，同時發展兩件以上的事情，但是最終的質是相同的。

秘書老師：嗯．你寫好了吧！

康龍：是．老師。

秘書老師：那你寫的這段話可以舉個例子嗎？

康龍想了十幾秒說：我現在在做一件事情，但同時我又請同學幫忙做另外一件事情。

秘書老師：嗯．這樣對是對，但是有時候也是不對。

康龍聽到老師有一點誇獎，心情就放鬆一點，

就立即問：請問老師，不對的地方在哪裡？

秘書老師：如果你請同學幫忙的事情，跟你所做的事情，不是同一性質的事。那變化三元素的（質），是不是就不同了。

秘書老師：來我來舉個例子給你參考。如果你是在上班賺錢，但同時你又有投資其他的事業也在賺錢。這同樣是賺錢那是不是（質）是相同的。

秘書老師：好．我們講主軸的時間用太多了。我們還是來談今天的主題

秘書老師：複系列發展現象的型態。目前我們也是規列出兩種型態。你在拿筆記錄一下。

秘書老師：第一種（枝幹形的發展型態），

第二種（稍端形的發展型態）。

　　秘書老師：康龍有想到什麼東西像枝幹形的
發展。

　　康龍：馬路。馬路有主幹道支幹道。

　　秘書老師：還有嗎？

　　康龍看著老師停頓了幾秒鐘，不敢說請老
師提示一下。

　　秘書老師：你以前不是都會說，請老師提
示一下。今天怎麼了？

　　康龍提起神來說：請老師提示一下。

　　秘書老師：厄！你到現在還很緊張，喝一下
飲料放鬆一點。

　　秘書老師：其實公園裡面或自然界有很多東
西都是這樣發展起來的。

　　康龍聽到公園裡面就立即回答：我知道了
（樹木）。

　　秘書老師：你看．不要緊張，反應就變那麼
快。

　　秘書老師：再舉個例子。

　　這回康龍想了兩秒鐘就回答：老師像公司裡
面的組織，主要幹部和次一級的幹部，這種關
係算不算。

　　秘書老師：算。嗯．枝幹形的發展型態，你
大概了解了。但是你還是要能，融入變化的三
元素及動態的四大要素，才能算是真正的了解
（枝幹形的發展型態）。你就隨便用剛才你講過

的案例來套套看。

　　康龍：老師．去年我堂哥考上企管系，他邀我陪他去參加 3 天的企管夏令營。所以我想用剛才所講的，公司組織的發展型態，來套入變化三元素及動態四要素。我用表格來把它寫出來，如果有錯的地方，請老師指點一下。

　秘書老師：我相信你一定會寫得很好。

　康龍有一點羞羞的看著老師。

　秘書老師再說一次：不用緊張，你一定會寫得很
好。

　　康龍就拿出筆記本，畫了下面的表格。

量	用資金轉化成，創造利潤的動力
相	主幹：董事會、總經理、一級幹部 枝幹：產、銷、人、發、財 各部門陸續成立
質	追求企業利潤，永續成長
時間	分秒必爭
空間	同性質市場

秘書老師：這種成績 85 分沒問題。在相的欄位內，主幹後面加上**秘書處**，枝幹後面加上**專案幹部**，這個以後會很熱門的工作。在質的欄內加上 NPO，因為社會上還是有很多不以營利為目的社會企業存在的。

量	用資金轉化成，創造利潤的動力
相	主幹：董事會、總經理、一級幹部 **秘書處** 枝幹：產、銷、人、發、財 各部門陸續成立
質	追求企業利潤，永續成長　　NPO
時間	分秒必爭
空間	同性質市場

秘書老師：好.和前面兩堂課一樣，你可以把（枝幹形的發展型態）應注意的重點事項描述一下嗎？

康龍：老師.這5項好像每個都很重要，老師可以再提示一下嗎？

秘書老師：你覺得這五項，哪一項要先存在。

康龍：老師.是不是市場要先存在，再來是重要幹部，再來是尋求資金。

秘書老師立即叫：停！我要一項，你講的那麼多項。

康龍笑笑的對老師說：老師對不起！那是不是市場要先存在。

秘書老師：對.那為什麼市場要先存在？
康龍好像回了神用開玩笑的口吻說：標靶要先出現才能射箭，要不然箭要射到哪裡。

講完後康龍覺得不好意思，微微的低頭。

秘書老師微微的笑說：現在不會緊張，就開

始講笑話了。

秘書老師:把市場當成標靶也是對的。但你沒有說,他為什麼要先存在的重要性。

康龍想了一下,沒有標靶就射箭,那不是很浪費箭的成本嗎?為了不浪費一定要講求效率。

康龍突然想到:阿!看清市場的存在,可以講求效率降低成本事半功倍。

秘書老師:好.我們剛才所談的這一些,都是組織剛開始發展的重點行為。

秘書老師:那.組織如果發展過一段時間,發展重點要不要改變。

康龍:改變是一定要的,老師是不是要分成主幹要發展的項目,和分枝要發展的項目。

秘書老師:對. 繼續講。

康龍想了一下,用樹木來比喻看看:老師.用樹木來比喻可以嗎?

秘書老師:可以啊。

康龍:樹木的主幹要越粗越好,分枝要越茂盛越好。老師根部是不是屬於分枝。

秘書老師:對.只要是有在吸收養份,或幫助吸收養份都可以算是分枝。

康龍:那就是主幹要粗大,分枝要靈活及茂盛。

秘書老師:嗯.不錯。要讓主幹變大、分枝變茂密的發展。也可以說主幹要求穩定,分枝看清

122

市場求新求變。

　　秘書老師:好.你還有什麼問題?

　　康龍:沒有

　　秘書老師:好.那我們今天就聊到這裡。

　　康龍欲言又止，一樣坐在那裏一動也不動。老師看了覺得怪怪的。

　　秘書老師就開口問: 你是不是還有其他的事要跟我講。

　　康龍:老師.我很想廟公老師。

　　秘書老師笑笑的說:他是我們的老師。

　　康龍很驚訝的表情開口說: 那我不是要叫廟公為師公。

　　秘書老師笑到牙齒露白，趕緊用手遮住嘴巴笑的說:好.我會跟老師講一下。

　　秘書老師:等一下你離開，麻煩把門關起來一下。就跟以前一樣。

　　康龍:好，那我就先離開了。謝謝老師今晚的教導，老師再見。

　　康龍進了電梯心裡想，我今天是踢到鐵板，還是掉到柔軟的海綿堆裡面。接下來康龍的反射動作，就是打電話給佳慧。

　　康龍:喂.佳慧我們以後禮拜天，盡量去爬山運動。不要老是逛街吃東西，不然你的身材會走樣。

　　佳慧:你是不是在懷疑我，身材開始變胖嗎?

　　康龍: 不是。

123

兩個人你一句我一句，講了 10 幾分鐘康龍已經
到家的樓下。這時他們倆個才劃下句點。

枝幹形的發展型態

是我們日常生活中

最常碰到 聽到 摸到並深入其中

譬如一顆大樹 國家的組織

一個公司的內部 一個家族的繁衍

請你細思 他為什麼會存在

存在的用意在哪裡

大家多多交流意見

我們會撞擊出很多新的觀點

請上傳到 變化邏輯研究會FB 社團

複系列發展現象的型態

稍端形的發展型態（二）

　　到了星期五晚上，康龍功課都做好了。他拿起變化邏輯的記事本，想複習一下這個禮拜的進度。但他看到下個禮拜要講（稍端形的發展型態），他就很納悶什麼叫做稍端？

他急忙的上 PTT 查詢，一查結果都是餐廳的資料。後來我用字典就把（稍、端）兩個字分開來查他們意思。結果（稍）最好的解釋是，離中心最遠的地方稱之為稍、也有少的意思。（端）有正直或是事物的頭尾兩端。

　　（稍端）這兩個字合起來，康龍想了半天，覺得最遠的末端，好像是最好的答案。但又覺得也不是最好的答案。他就把它記錄在筆記本裡面，心裡面想就等老師解釋吧！

　　但康龍又在想，我心理為什麼總是覺得怪怪的，是期盼在漂亮的老師前面，有亮麗的表現。還是對下個禮拜的題目沒有把握，怕被老師譏笑一方很丟臉。哎！這種折磨像是期待又含有傷害，低頭又想到鐵板和海綿的情境。

　　星期一中午康龍再收到一通簡訊，簡訊內容大體上和上個禮拜一樣（康龍．我們一樣星期三晚上 7 點，在區公所後方，紅色的 12 層大樓。我們就在大樓門口見面）。

當天晚上康龍想這個禮拜，我會不會看到秘書老師，一緊張又打亂思序。於是就打開筆記本，再瀏覽這兩個禮拜來的一些筆記。想說，我先把要問的問題寫下來，這樣應該就不會出醜了。於是他寫下 1.（稍端）這兩個字合起來的意事是最遠的末端。2.之前有定義主軸，它也是質的一種表現。那為什麼複系列的發展模式，會有兩個軸以上的表現，這樣不是違反變化邏輯裡面的但書。

康龍把這兩個題目再瀏覽一次。心裡面想這樣老師，應該不會在唸我不用功了。

　　到了星期三晚上。他害怕會遲到，所以不時的看著手錶。到了 6 點 20 就一樣出門騎單車到市公所附近。大約 6 點 40 分，康龍來到紅色大樓的便利商店門口，東張西望等著老師來到。快 50 分時終於看到老師，從他的前面走過來。

　　康龍向老師問：老師今天您要喝什麼飲料？這個禮拜換我來請客。

秘書老師說：那就跟上個禮拜一樣好了。

　　康龍：老師我們要一起上去，還是老師先上去，我馬上就上去。

　　秘書老師說：那我先上去好了。

　　康龍結完帳拿著飲料，就往辦公室上去。

　　康龍到了六樓辦公室門口就探頭問：老師你在哪一邊。

秘書老師說：跟上個禮拜同個地方。

康龍一樣坐在老師的對面，並拿飲料給老師說：老師請用。

秘書老師微笑的說：康龍謝謝你。

康龍：不會、不會。

秘書老師：先喝兩口飲料，把心情放輕鬆一點。

秘書老師喝了飲料說：看你今天比較不緊張了，要保持下去。

康龍只是笑笑的點點頭，但是心裡想等一下不出醜，是不可能的。

秘書老師：你要先提上個禮拜的問題，還是我要先說一件事情。

康龍開始緊張了，他想老師不知道要講什麼事情。他想了想還是讓自己先緊張一下好了。

康龍：老師有事先講好了。

秘書老師：看你有點緊張，才要讓老師先講。

秘書老師：我先問你，你上個禮拜是不是有到三芝的廟，去找廟公老師。

康龍：老師你怎麼知道？

秘書老師：是老師說你在廟口，叫（廟公~~我好想你！）。

叫了太大聲了都把廟公嚇了一跳。

康龍很驚訝的嘴巴都張開，然後說：廟公老

師有聽到我在叫他，那下個禮拜我可以見到他嗎？

秘書老師看著康龍又緊張又興奮就說：那下個禮拜，你就是不喜歡看到我對不對？

康龍又頭痛不知怎麼回答，突然他想到就問：老師你們兩個都可以一起來嗎？

秘書老師：那是不可能的。好．如果要讓你選擇，下次上課的老師，你要選擇我的老師還是我。

這回康龍被問的傻掉了，呆滯了好幾秒。

秘書老師就利用這個空檔，喝了一口飲料，兩眼瞪著康龍出聲：如何呢？

康龍非常無奈頭低低的，手放在胸前呆呆的回答：好痛．好痛．好像在割我的肉。

秘書老師聽了，驚笑到嘴裡面的飲料，噴到康龍身上。他趕緊拿出包包裡面的衛生紙，幫康龍擦一下。

秘書老師一邊擦一邊唸：你可以去當苦旦演員了。你 IQ 確實很高，但是 EQ 卻很差。佳慧有沒有經常欺負你。我看他欺負你，你也不知道。

康龍：老師他很好，不會欺負我。

秘書老師：好啦．我現在可以給你上一個新的課程，IQ 是一種能量的表現，EQ 也是。所以你要把部分的能量轉移去研究 EQ。況且你以後會有一個重大的任務，就是把愛的邏輯研究出來。

康龍：老師．以前棒球老師，也是有提到愛的邏輯。愛怎麼可能有邏輯的現象呈現。

秘書老師：好啦．沒有時間可以聊其他的問題。下次上課我們的老師就會來教你，他會告訴你一些愛的邏輯事項和研究要領，這樣你高興了吧。

康龍聽了眉開眼笑立即說：謝謝老師．謝謝老師。

秘書老師：言歸正傳，上個禮拜的課程有沒有問題？

康龍打開筆記本說：有兩個問題，第一個．之前的老師有說主軸和軌道意思相同，然而在變化邏輯的但書裡面，質只能有一個。那老師請問一下，為什麼在複系列的發展型態下，他的主軸為什麼是兩個以上，這樣不是產生矛盾嗎？

秘書老師哈哈的笑：如果這堂課，在下課前你還沒有提出這個問題。那你再下一堂，廟公老師上課的時候，你一定會被老師打屁股。因為從型態的邏輯來看，這邊是一個很嚴重的矛盾現象。大家都在等你發現這個問題，好在你現在有提出來了。

秘書老師笑笑的問康龍：你現在心裡面有什麼想法？

康龍：這幾天我有在想這個問題，老師．如

果我用我們身體各部分機能的總和發揮，來做多軸表現的比喻不知恰不恰當。

秘書老師：好．你說說看。

康龍：這比如心臟他會自己成長運作，就是一個主軸在發展。大腸也是這樣，胃也是這樣，五臟六腑都是一樣。雖然多軸各自表現，但都會集合在一個共同的目標。就是讓一個生命體，可以成長的運作自如。所以應該還有一個邏輯理論，可以來統合多軸運作的問題。

康龍停了下來，秘書老師想說他會再講下去。

所以隔了兩秒鐘後，秘書老師說：沒有了嗎？可以再講啊！

秘書老師說：你在講心臟的時候，兩隻手合起來又做擠壓的動作，好像真的是心臟在跳動。講腸胃的時候，兩隻手柔和的動作也很好看。害我看到都呆滯了，不知道你已經講完。你真的有演戲的天份。

康龍立即回應說：老師你在講下去，等一下換我噴飲料了。

師生人面對面笑了一下。

秘書老師說：關於多軸同時運作的問題，以後在進階的時候就會談到（個體論組合的邏輯問題）到時候你就會明瞭。

秘書老師說：其實剛才你還有一個例子可以講，就是上個禮拜你所講的企業管理的案例。

他也是有多軸性的發展型態。好了.枝幹型的發展型態，我想你大體上已經了解。

秘書老師說：你打開筆記本空白頁，把筆拿出來

秘書老師：這禮拜我們要聊的是，稍端形的發展型態。你事先應該有做功課，查過什麼叫做稍端，來吧說說看。

康龍：老師你嘴巴還有飲料嗎？

秘書老師把嘴巴張開給康龍看：你又要搞什麼遊戲？

康龍：沒有啦！只是我上網查稍端，出來的都是一些燒烤的東西或餐廳。

秘書老師聽了也用手屈指一算，他也嚇了一跳。

秘書老師：對喔，這時候大家還很少會用稍端這個名詞。

秘書老師：好.那你要如何解釋稍端的意思。

康龍：我把這兩個字分開來查，然後我想了半天把它綜合起來，覺得他是事物最遠最前的末端，這是我感覺最好的答案。

秘書老師：不錯，離老師教我們的意思很接近。廟公老師教我們的就是樹的最末端，或是說最上端。

秘書老師：在所有發展的型態中，稍端形的發展型態，是最難表達或是最難掌控的一種型

態。因為在過往的歷史中，很難找到一個好的案例來套用。所以我們只能用案例模擬的推論，來了解一下，什麼叫做稍端型的發展型態。

　　秘書老師:你就在筆記本上，畫一條寬大概是5公分的河流。

　　康龍:老師這個河流要不要畫轉彎的。

　　秘書老師:隨便直的彎的都可以。

　　康龍就橫向畫了一組略微彎曲的平行線。

　　秘書老師:人類文明的發展大部分是從河岸兩邊開始發展起來。現在你在河岸的上方畫一個圈圈，裡面寫A村莊。然後下方標一個B村莊。

　　秘書老師:好.你現在要發揮你的想像力。如果經過了數十年的發展，這兩個村莊的人自然會變多，那是在何種狀態之下，他們需要做渡河到對岸的動作。

　　康龍看著老師沒有在講下去就回答:第一個應該是做貨物交流，所以需要渡河。第二個應該是人力資源的相互調配。第三個應該是技術或是文化等等的交流需要，所以需要渡河。

　　秘書老師:好.你講了這麼多的渡河需要，那他們是游泳過去嗎?

康龍聽了嚇一跳急忙的說:剛開始可以用船來渡河。

　　秘書老師:那如果一條船不夠用怎麼辦? 是

要增加船的數量還是把船變大。

康龍有意識到，老師要我講其他的方案。

康龍：如果交流的人或事物品變得太多了，剛開始他們可以製作，一座成本較低的吊橋。

秘書老師：是那種造橋，那錢在哪裡？

康龍想錯了老師的意思，他以為是要兩村莊的人，平均來分攤出錢造橋。如果大家沒有那麼多錢，那還有什麼其他方案呢？

康龍：老師要去籌錢方面的經驗，我比較少接觸，可以請老師提示一下嗎？

秘書老師笑笑的說：我們並不是要上如何開發財源的課。我只是要先問你，你會先做哪一種橋？

康龍：我有看過單索吊橋，那個成本應該是最低的。

秘書老師：那如果每天有三四百人要往返，而且又要運送很多東西，那該怎麼辦？

康龍似乎想避開建造完美的吊橋，的高經費漩渦裡面，一直想用最便宜的經費來完成吊橋的工作。

康龍：老師單索吊橋，的設計要一邊高一邊低，然後從高的往低的滑下去。所以這兩個村莊要往返，就要有 2 兩組不同角度的吊橋才可以往返。如此一座吊橋真正使用的人，只有一百多個應該還好。

康龍看老師的眼球瞪著他不動，好像很生

氣的樣子。

　　秘書老師：你已經掉入吊橋的牛角尖裡面，我們是來研究事務發展的過程，不是來研究如何建造最經濟的吊橋。

　　康龍:老師.對不起。可以重新再引導我一下嗎？

　　秘書老師停頓的 2~3 秒：既然你數理比較強，我們就用數學的方式來理解一下。如果製作一座人和小車輛可以通行的吊橋，需要 100 萬費用。而這費用需要兩個村莊的人平均分攤，那這 100 萬要放在分子還是分母的位置。

　　康龍立即回答:要放在分子位置。

秘書老師:好.如果村莊裡面有一些富人願意出 30 萬政府也願意出 30 萬。那剩下 40 萬要放在哪一個位置。

　　康龍:一樣放在分子位置。

　　秘書老師:那村莊的人數是不是要放在分母。好. 分母的大小會不會影響造橋的成功率。

　　康龍:當然會，而且分母越大成功率越大。

　　秘書老師：那相對的說，如果兩個村莊的人數越來越多，造橋的需求慾望是不是變強了。

　　康龍:對.也因為分母變大了，商數就會變小，這樣大家分攤的數目就會變小。

　　秘書老師：你把筆記本打開一下。這個渡

河的典故，你應該可以把他，用變化三元素和
發展四大要素，合併出一張表格出來吧。

量	河流兩岸人民，精神和物質交流的需求動力
相	游泳、渡船、單索吊橋、木板吊橋、水泥橋
質	完成渡河最佳工具
時間	視需求而定
空間	河流的上方

　　當康龍畫好表格後。秘書老師要求他，在
（相）的欄位後面，加上外環道路的過橋。

量	河流兩岸人民，精神和物質交流的需求動力
相	游泳、渡船、單索吊橋、木板吊橋、水泥橋、**外環道路的過橋**
質	完成渡河最佳工具
時間	視需求而定
空間	河流的上方

　　秘書老師問康龍：你覺得這張表格，有在
表述稍端形的發展型態的意思嗎？

　　康龍：不知道，只感覺跟以前的表述方式差
不多。請問老師的看法呢？

　　秘書老師：一點都不像稍端形的發展型態的
玩法。我不知道你有沒有玩過藏寶圖的遊戲。

　　康龍：好像小的時候有跟同學一起玩過。就
是一張長長的紙，有一條主線可以連接到一堆

寶藏，然後在主線的中間畫了很多支線，這些支線不是陷阱要接受懲罰，不然就是死亡遊戲結束。

秘書老師:嗯.你描述的很清楚。稍端形的發展型態，是有一點像藏寶圖的樣子，但過程是還是有些不太一樣。

秘書老師:你把筆記本跟筆準備一下，我們練習玩玩看。康龍你題目要叫做什麼？

康龍:快樂橋的建造，老師可以嗎？

秘書老師:你代表正方，我是反方。也就是我提出問題，你來解決問題。

康龍聽了又開始緊張了，秘書老師說: 你把我當成佳慧，然後一起玩遊戲，這樣你就不會緊張啦

康龍心想死馬當活馬來用吧。康龍就畫一個框框，裡面寫著（建造快樂橋）
然後問老師:老師這樣可以嗎？

秘書老師立即回答:我叫佳慧不是老師。後面直接寫項目不用再畫框框

康龍停了兩秒好大的眼睛瞪著老師問:佳慧. 這樣寫你喜歡嗎？

秘書老師（佳慧）:嗯.這個名稱可以。（請先閱覽一下下方的圖，留下一個概念）。

康龍再也不講話，就直接的再直直畫一條線，在線端接著寫（游泳很累又危險）。再來他在主線中段上方又畫了一條向右曲線，越過游

泳這個詞的上方，在線端接著寫（用渡輪過河）。再來一樣主線中段下方又畫了一條向左曲線，越過游泳詞的下方，在線端接著寫（單索吊橋過河）。然後在渡輪過河後面，畫了一條直線，線端接著寫（木質寬板吊橋）。

康龍:老師 喔！不對是佳慧，這樣可以了嗎

秘書老師:好啦.看你不緊張恢復正常好了。

秘書老師:還有一種狀況也可能誕生一座新橋。

康龍聽了，有如丈二金剛摸不著頭緒急著問:請老師告訴我一下。

秘書老師:如果剛好碰上兩座大城市，要造一條新公路，而且需要經過這兩座村莊。那這兩座村莊是不是多了一條，外環道路的新水泥橋。

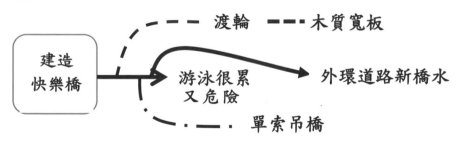

秘書老師:康龍.你把建造快樂橋框框放下面，然後把圖豎起來看，你看到什麼？

康龍:好像是一棵樹在成長。

秘書老師:這樣你應該懂了，什麼叫做稍端形的發展型態。其實從種子開始發芽，就是一

種稍端型的發展現象。

有時候會發好幾根芽出來，我們也看不出哪一根牙，會是以後的主幹。

秘書老師:還有上面這個圖，我們都只是單向往好的方向思考。如果兩村莊在交往的過程中，發生誤會的重大命案。那兩村莊的人就吵不停，最後有可能終止往來，如此交流的需求動力就消失了。有可能上面的方案都會胎死腹中。

所以稍端型的發展現象，是所有發展型態中變數最大的一種型態。

秘書老師:康龍我問你，世界上每件事情，是不是我們的想要去發展，它都可以發展出來嗎?

康龍:老師這是不可能的。

秘書老師:如果這是可能的話會怎樣?

康龍頓頓了兩秒鐘搖搖頭:老師.我想不到，請老師開示一下。

秘書老師:這樣會有很大的危機，就是可以變成大者恆大，強者恆強，弱者永不翻身。

秘書老師:好了.今天談的是有點過多了，太晚回去你可能會被罵。

秘書老師:對了.廟公老師說，你再過 3 個禮拜，就要期末考了。他要你好好的先準備期末考，等期末考一過老師會跟你聯絡。所以這 3 個禮拜，你要認真的去準備期末考。不然老師會很失望喔！

　還有一點很重要，老師他是不喝任何飲料的，所以你不用幫他準備飲料。

　　康龍：好，我知道。不可以讓老師和師公失望。

　　秘書老師：等一下你離開。就跟上個禮拜一樣，麻煩把門關起來一下。

　　康龍：好，今晚吸收很多，謝謝老師的教導，老師再見。

　　康龍走出辦公室。心理想下一次，就可以跟廟公老師在一起，有點 Hi Hi 的。

　　康龍進了電梯心裡想，我今天踢到的鐵板怎麼這麼的軟，哈…反而像是掉到海綿的時間比較多點。接下來康龍的反射動作，就是打電話給佳慧。

　　康龍：喂.佳慧我們這個禮拜天，要去爬哪座山。兩個人你一句我一句講了 10 幾分鐘，康龍不知不覺已經騎到家的樓下。這時他們才掛斷電話。

在發展的過程中

挫折感最大的就是

稍端形的發展型態

因為明天我們只是可能想得到

但是摸不到　看不到　聞不到

它不像昨天或前天

我們已經摸到　看到的已知狀況

那看待明天你有什麼觀點

請上傳到　變化邏輯研究會 FB 社團

十三．單．複 發展系列之差異關係分析

　　康龍和佳慧兩個人為了期末考試，還真的很用心每個禮拜六跟禮拜天，兩人都窩在圖書館裡面。因為兩個人打賭，如果成績比人家差的人，要送人家禮物。

　　這樣又緊張又甜蜜的過了 3 個禮拜。期末考玩了緊張的時刻來到，第二天下午兩人各拿自己的成績單，相約在一家咖啡廳裡來開榜。兩人比的是總平均值，這樣比，理科的康龍是比較吃虧一點。相比的結果康龍輸了 0.1 分。之後康龍苦笑的問佳慧：你有想要什麼東西嗎？

　　佳慧正在想要什麼東西好，康龍突然開口說：只能 1000 元哦。

　　佳慧嘴唇馬上嘟成尖尖的說：小氣沒有誠意。

　　康龍：好啦好啦，不要限制了。

　　其實佳慧內心已經很高興了，笑笑的說：超過 1000 元，我會幫你出。兩人喝完咖啡，就順便去逛夜市，看看要買什麼東西。

　　結果不是我在嫌這個東西不好，要不就是他說不行。走了一晚只有撐飽肚子，其他什麼都看不上。

　　佳慧心理想，這樣我明天還可以再跟他一起逛街。

兩人就相約明天中午，再聯絡一下，看要到哪一個夜市去逛。

　　到了第二天早上 10 點多，康龍接到一通簡訊裡面寫著：

　　康龍星期四上午 10 點，我們一樣在八里觀音路口站牌的河岸邊會面。

　　康龍接到簡訊心情非常的 Hi，因為他知道，這是廟公老師傳給他的，也就是說星期四，明天可以跟廟公老師會面。康龍 Hi 了三~四分鐘，覺得有一點不太對勁，如果今天晚，我不能把給佳慧的禮物買好，那今晚佳慧一定會吵，叫我明天再陪他去找禮物。

　　所以康龍想今天晚上不管怎樣，一定要把禮物搞定。不然拖到明天，我上課一定會分心，到時候被廟公老師看出來，我的臉不知道要擺在哪裡。所以康龍就急的找佳慧，要他中午就出來逛街買東西。

　　到了黃昏時，康龍終於說服了佳慧，買了一雙慢跑球鞋。再來是一個快樂的晚餐。康龍有點不想認輸，問佳慧好幾次，一下子是夾娃娃機比賽，一下子是吃冰比賽，然後又是射氣球比賽。佳慧很生氣的說我要回去了。

　　康龍知道自己過份了一點，趕緊跟佳慧道歉，然後就不敢再講話。兩個人冷戰只有康龍看著佳慧，但又慢慢的一起走了兩 3 分鐘，佳慧開口說話了：這一次原諒你，不可以再有下一次。康龍點點頭，兩人面對面笑一笑。康龍想心安了，這場小風暴過去了。兩人牽著手向著回家的車站方向走過去。

康龍回到家也還是很興奮著，因為想到明天早上要跟廟公老師會合。所以他拿起變化邏輯筆記本，翻閱了兩次才安心上床睡覺。

第二天早上，康龍起得太早了。媽咪早餐還沒準備好。康龍就跟媽咪說：媽咪早點我到外面去吃，吃完以後我想要到八里左岸去逛一逛。

媽咪：那中午有回來吃嗎？

康龍：還不知道，但晚上一定會回來吃。

媽咪：好吧！那要小心一點。

康龍：好.那我要出去了。

康龍 9 點半就到，八里觀音路口站牌。他想走 10 分鐘，應該可以到達目的地。可是他 9 點 40 到達目的地，就看老師已經坐在那邊等著。他趕緊小快步的跑過去，立即跟老師打招呼說：老師對不起，不知您那麼早就到了。

廟公老師微笑的說：沒有事所以早一點到。

康龍這時還是站在旁邊，廟公老師說：來坐下，幹嘛那麼緊張站在那邊呢？

康龍慢慢的坐下來，從背包裡面拿出兩瓶礦泉水說：秘書老師有說，不用為你準備飲料，說老師自己會準備飲料。

廟公老師問：那你為什麼準備兩瓶飲料，是

自己要吃的嗎？

　　康龍：不是，我是怕老師忘了帶飲料。

　　這時廟公老師，從包包裡面拿出了一瓶飲料。在康龍面前搖啊搖說：這是我隨身之物，不會忘記的。

　　廟公老師：康龍，你今天的聲音頻率比較低，是不是心裡還是身體有什麼不太舒服？

　　康龍似乎被高壓電，電了嚇一跳。然後大大的眼睛看著老師，馬上頭又低了下來說： 以前跟佳慧打賭沒有輸過，前天第一次輸給他。

　　廟公老師： 你是怎麼輸的。

康龍：他每次數學成績都很不理想，這兩個月我一直加強他數學。並且說這次的期末考，我們兩個一定要來個比賽。輸的人一定要買個禮物送給人家，結果總平均我輸了 0.1 分。我看他這一次數學，竟然進步了 30 幾分。

　　廟公老師：那你教他數學教得好，才有這個成果。這樣你應該很高興啊。

　　康龍：但是我好勝心太強輸不起。當晚我們一起去逛街，我又要求比賽這個、比賽那個，他知道我目的，是要討回一個面子。這樣讓他很生氣吵的要回家了。結果那天晚上，我們的禮物並沒有買成。是昨天晚上我們再出來逛街，才買到一雙慢跑鞋。

　　廟公老師：那你現在是後悔，自己的好勝心太強了嗎？

康龍:老師我現在知道怎麼做了。好勝心太強是件好事,但是要放在比賽之前。比賽之後還有一個比賽,那就是風度比賽。如果前天晚上,我改變一個思考的方向。讚賞他這兩個月來,很用功的學習數學,所以老天就送你的一個禮物。

　　廟公老師:也或許他會說,是因你的指導,我才有這種成績,我也要回送你一個好禮物。

　　師生兩人面對面笑一下。

　　廟公老師:哈哈…我們康龍過一個晚上,好像多長了好幾歲。

　　廟公老師:好.我們言歸正傳。你上了那麼多的老師的課,應該有很多問題要問吧!但是我要先跟你講清楚,你只能問跟變化邏輯有關係的問題。為什麼你應該知道吧。

　　康龍:老師真的有好多問題要問。他們都說你是他們的老師,那我要稱呼老師是師公還是師爺,這樣好像都很難聽。

　　康龍用撒嬌的語氣:老師我可以直接叫您為爺爺嗎? 因為我都比老師他們小一輩,所以這樣叫應該是可以的。

　　廟公老師想了數秒:好像不好,這樣對其他的老師好像不公平。因為他們跟我都只是師生關係,而你的要求就變成是親屬關係。你還是叫我老師好了。

　　康龍還是用撒嬌的語氣: 要不然折衷一

下，叫爺爺老師好了。我覺得這樣輩分也對，又很順口。老師可以了嗎？我們來談正題。

廟公老師瞪著康龍說：真想打你兩個屁股再講下去。

康龍立即搶話說：老師.之前的老師有說，發展會有兩個難題的應用，一個是智慧、一個是勇氣。

康龍看著廟公老師，但是老師卻是斜眼看著他。過了數秒鐘，老師的氣有一點消了。

廟公老師：你學了那麼久，你先說說看智慧跟勇氣，要怎麼應用在發展的過程中。

康龍：在我的感覺中，單系列的發展型態比較單純。但是有時候人過慣一種生活，要他改變另外一種的生活型態，會有排斥的心態。如果要讓自己更上一層樓，一定要拿出勇氣和決心，去轉換上一層樓的新生活型態。

廟公老師聽了很順耳，剛才的氣全部忘記：康龍，你就舉個案例我聽聽看。

康龍：如果有一對夫妻只顧著賺錢，每天和假日都是加班，小孩子的狀況都是用電話遙控。這樣的家庭情感經過兩三年，會變成很脆弱。如果撥一點時間帶小孩去學習其他的才藝，然後再帶他去參加比賽或是表演，這樣大人小孩都有一種共同成長的成就感，家庭自然會祥和快樂。這就是蹺蹺板型發展的型態應用。爺爺老師這樣舉例可以嗎？

廟公老師突然又瞪著康龍。

康龍看了:老師這樣舉例有錯了嗎?

廟公老師:我前面正聽得很舒服,你最後面幹嘛加那一句話。

康龍:是爺爺老師這一句嗎?

廟公老師:要你不要講,你又講。這樣讓其他的老師知道,他們會認為我不公平。

康龍:我只會在爺爺老師前面這樣講,有其他人在我一定不會講。

廟公老師:你以為事情那麼簡單,人家就會不知道嗎?

康龍: 好啦.好啦!對不起,老師我知道了。

廟公老師: 你再講一個同心圓發展型態的案例。

康龍:如果有一家公司他在這個行業,已經算是接近龍頭的地位。但是董事長想擴展他的業務往上游發展,他也找到兩個這個行業的重要幹部。但是如果他下不了決心猶豫不決,就是沒有那個勇氣再往前衝。這樣只有前功盡棄的可能,所以同心圓發展型態,不是只有智慧和資金就可以完成。還要有那個膽識才可以圓滿達成。老師這樣對嗎?

這一次廟公老師笑笑的對他說:前面後面都講得很好。

廟公老師:從你上面這兩個例子來看,那單

系列的發展型態，是不是只要重視勇氣跟膽識，這樣就可以圓滿的達成了。

康龍聽了老師講的這些話，覺得老師有在暗示他什麼東西，所以他想了幾秒。

康龍:單系列的發展型態，也不是完全只重視勇氣跟膽識。只是勇氣跟膽識的份量，要比較多一點，也就是勁力要多一點，魄力要強一點。但是也是要用點智慧，來做審查考核檢討改進。

廟公老師看了一下康龍，但沒有講話。

康龍問:老師我這樣講有問題嗎?

廟公老師:講的是沒問題，我是怕你後面又加了一句。所以我看著你嘴巴，是不是要再亂講那句話。

康龍聽了微微的笑著。

廟公老師: 再來講一些複系列發展現象的案例。

康龍:老師我知道複系列發展，要偏重智慧的應用。但我講不出，智慧要怎麼樣把它發揮出來。可否請老師提示一下。

廟公老師:良禽為什麼要擇木而棲，我不是問良禽擇木而棲的典故，而是問良禽它為什麼要這樣做?

康龍被老師搞糊塗了，良禽擇木而棲，是良將要找好君王的意思。

康龍想了半天，只有想到選擇這兩個字。

但又覺得很不周全。

康龍很沒有自信的說：老師是選擇這兩個字嗎？

廟公老師：只答對一半還有另外一半。

康龍還是想了半天：老師學生比較笨，可以完全開釋一下嗎？

廟公老師：你回答選擇這兩個字是不錯的。但問題是你要選擇什麼？一般良禽來講，他會選擇一個，好捕食又安全的地方來築巢。換成白話來講，就是進可攻退可守。所以複系列的發展現象，就要有如良禽般的眼光。

廟公老師：太陽光線比較多比較強的地方，你的枝幹跟樹葉就要比較茂盛。這樣能量吸收才會多，枝幹才會更強。

尤其是最複雜的稍端型發展模式型態，他更需要收集更多的資訊，或說更全面性的資訊，來加以研判。這樣才可以做最後決定，是要走哪一條路線是最恰當的。因此很多人多會敗在，複系列發展的過程中。他不但需要智慧的應用，而且更需要經驗的累積。

廟公老師：關於複系列發展，還有很多問題可以討論。我們以後會開一個單元叫做【領航者的第六感】。

廟公老師：我先問你什麼叫做第六感。

康龍：好像是一種感覺，但那個東西是存在的。只是說不出來他是什麼東西。

廟公老師笑笑的說：以後你就有這個責任，把這些是個什麼東西，全部把他講出來又要講清楚。讓大家知道什麼是領航者的第六感需具備哪些內容。

　　康龍：爺爺老師，這樣壓力很大。

　　廟公老師臉臭臭的看著康龍：嘿…

　　康龍苦著臉說：老師，壓力很大你就讓我釋放一點嘛。

　　廟公老師微微的低著頭不敢笑出來。

　　康龍：老師.我對複系列的發展型態有一個問題。

　　廟公老師：好.你說說看什麼問題？

康龍：前幾個禮拜，我有問過秘書老師。就是複系列的發展，會有多軸共同一起發展。我們變化邏輯的但書裡面，不是說質或主軸只能一個。但是我有跟秘書老師舉例，我們身體裡面的五臟六腑，都是各自獨立主軸的在發展。

　　康龍只講到一半，這時廟公老師舉起右手說：我知道你要問的問題。這問題以後我們會留在個體論或是群體論裡面來討論。你不要怕不要急，我和其他的老師都會慢慢來教你，不會給你壓力的。

　　廟公老師：又.你把筆記本拿起來記錄一下。單系類、複系類的發展，除了智慧與勇氣以外，還各有各的個特徵或是重點。

　就是單系類的發展，通常會有較為內在，不易

150

叫人察覺。

　而複系類的通常會較外在，比較容易讓人一眼察覺。雖然他比較複雜，但卻常有可變通的方法。

　廟公老師看著康龍把筆記整理完後又說：還有一句再記錄一下。

　康龍：好．老師請說。

　廟公老師：不要怕、不要急。

　康龍笑笑的看著老師。

　廟公老師：不用懷疑，寫上去就對了。

　廟公老師：好．關於變化和發展的邏輯，你還有什麼問題要問？

　康龍：目前還沒有想到。

　廟公老師：那下星期二的早上你有空嗎？

　康龍：應該是可以的。

　廟公老師：等一下我有其他的事，所以我想我們下禮拜二早上 10 點，一樣在這個地方再見面可以嗎？

　康龍：好的爺爺老師謝謝你今天的指導。

　廟公老師閉上眼睛：真是欠你好多債的樣子。

　廟公老師張開眼睛：好了．那我就先走了。

　康龍：好的，老師再見。

　康龍站著看著老師離開的背影，過了數秒鐘他又坐回原來的座位上。複習著剛才寫的筆記。但是看到最後的那一句話，他感到時間是停頓的、大腦是空白的。心想這是天降重任於斯人也。

　　最後康龍空白的大腦，把筆記本蓋起來，再收到包包裡。抬起頭往回家的車站方向走去。

單系列之發展現象

勇氣的需求　會大過智慧的需求

複系列之發展現象

智慧的需求　會大過勇氣的需求

我們在這裡學習變化邏輯

理應只有智慧的增長

那如何增加勇氣的倍度　您有什麼觀點

請上傳到　變化邏輯研究會 FB 社團

十四.變化要有體系────結語

　　康龍回到家大腦還空白了好久，講話和動作都變遲鈍。

　　媽咪問他：是不是身體不舒服。

　　康龍回答：沒有啦。

　　媽咪：要不然是跟佳慧吵架是不是？

　　康龍回答：都不是啦。

　　媽咪：但是我看你就是悶悶不樂。

　　康龍想了一下，還是暫時編個理由好了：我剛才不知道在哪裡掉了 500 元。

　　媽咪： 好啦，沒關係！吃飯了沒有？

　　康龍：我要到房間查一下資料。

　　媽咪：那你吃飯了沒有？

　　康龍：吃了。

　　康龍進了房間，心想不要再去思考，天降重任於斯人也。於是想用同樣的理由，打電話給佳慧來解解心悶。

　　康龍：佳慧.你在做什麼？

　　佳慧：在家裡追劇啊！聽你的聲音，心情好像不太好。

　　康龍：沒有啦，只是運氣不太好。

　　佳慧：是不是被雷打到，今天又沒有下雨。

　　康龍：你那麼喜歡，看我被人家打嗎？

　　佳慧：不是啦！開開玩笑讓你心情比較輕鬆一點。到底有什麼事？

康龍:剛才出去走一走,不知道在哪裡掉了500塊。

佳慧心想,前幾天才讓他花費1000多,今天又掉了500塊,難怪心情不好。

佳慧:沒關係啦!星期天我們到北海岸走一走。我請你吃,看你要吃什麼大餐都可以。

康龍聽了心裡面有點動:到時候你又放我鴿子。

這下子換佳慧不高興:我已經跟你道歉那麼多次,而且已經過那麼久,你還要講那件事,那禮拜天我不去了。

康龍憂愁變成緊張了:好啦.好啦.對不起.對不起,我以後不會再講了。

康龍:那我們是要在野柳或是金山吃飯?

佳慧:我明天上網查一查然後再跟你講。

康龍:好.我也上網查一查,明天下午我們再討論。

兩個人就這樣平平順順.歡歡樂樂的度過一個假日。

到了星期一中午,康龍想到明天早上,又要跟爺爺老師會面。一股緊張又高興的氛圍燃燒起來了,下意識的又拿起筆記本看一看。第二天早上,他提早了半個鐘頭到達現場。他低頭專心地看著筆記本的資料。大約過了5分鐘,老師從旁邊走過來坐在他身邊。康龍過於專注看這筆記本,所以老師坐下來,他稍微嚇

154

了一跳。

康龍:老師好.我還是一樣,只有準備我的飲料可以嗎?

廟公老師:這樣就對了。這兩天過得好嗎?

康龍:老師現在是放暑假,所以壓力比較小,歡樂比較多。

廟公老師對著康龍微笑一下,心裡想你的壓力,現在才要開始。但是他還是對著康龍說:放假就是要有快樂的感覺,這樣很好。

康龍:爺爺老師.今天我們是不是,要聊新的變化或是發展邏輯?

廟公老師瞪著康龍數秒鐘:好吧.你高興怎麼叫就怎麼叫。

廟公老師:如果我說變化和發展的邏輯,全部都講完了你會怎麼想?

康龍:好像太多的問題或現象,還沒有解釋清楚。

廟公老師:你舉個例子一下。

康龍:如果我在發展,我旁邊的人也在發展,那我的發展不會受到影響嗎。還有老師講過,我們暫時不用全部的精力去研究突變,但最少我要知道,我失敗的原因是因為受到別人的突變或是劇變所影響的。

廟公老師:你就是這麼可愛。我要你舉個例子,你就說了一大堆例子。

康龍:爺爺老師對不起。我平常喜歡胡思亂

想，所以就會有，很多天馬行空的問題跑出來。請老師不要生氣。

廟公老師:胡思亂想是件好事，只要不要傷天害理就很好。

康龍:謝謝爺爺老師誇獎。

廟公老師:你舉的例子很棒。我要發展、你也要發展、他也要發展，只要是同在一個空間裡面，大家都想發展必然會產生，很多想像不到的變化現象。

廟公老師轉頭看著康龍，用抬下巴的方式，在問康龍:這樣聽懂嗎?

康龍也點點頭表示聽得懂。

廟公老師:我們不用太苛求自已，現在就要把所有的鄰居們的變化狀況，全部一清二楚的研究出來。但最少我們要把有多少鄰居的樣子，或是與鄰居是處於何種關係都要摸清楚。他是對我們有利的，還是對我們有影響到的，這些總可以先把他搞清楚吧!對不對。

康龍很高興的說:爺爺老師.這個好像是發現一個新大陸。光這些現象，好像就是一套龐大又複雜的系統。

廟公老師:要把天下與你有相關的人、事、物，總和起來研究，這一套我們可以叫做相關論。

廟公老師停了幾秒鐘又說:相關論後面，我們可以再進一步的研究個體論或是群體論。這個論點就是討論，你上個禮拜所提出來的，多軸不矛盾，又共同一起在一個主體上的發展關係。

　　廟公老師又停了一下說：變化就是因為，它不會只有一兩個論點，就可以完全的解說清楚。所以要說變化學問，它是一門有系統的體系。我們一定要有耐性的，一個理論、一個理論慢慢的堆疊起來，如此才能交互成一個體系，這樣變化邏輯才有使用的價值。就像氣象局預測報告，他也是三四種理論疊加在一起應用，再外加很多種的感測器，和一台超級電腦運算，這樣才能做出精確的氣象預測。

　　廟公老師轉頭看著康龍：講了這麼多有沒有把你嚇一跳。

　　康龍：沒有，好像很好玩。

　　康龍看老師微笑又點頭但沒有再講話。他就拿　出飲料喝了一口水。
這時老師突然開口講話：看你那麼高興，好像又很有興趣，那明天就把報告寫出來。

　　這回康龍聽了，嘴裡的飲料馬上噴出來。他把嘴巴擦一擦，轉頭看著老師。

　　康龍：爺爺.我是人不是神仙，明天怎麼可能寫得出來。

　　廟公老師：我剛才是說明天交件嗎？

　　康龍：對啊！所以我才嚇一跳啊。

　　廟公老師含著笑聲說：哈哈…我老糊塗了。

是明年才開始來寫。

　　康龍臉苦苦的看著老師：老師，我想開始準
備聯考了

　　廟公老師：講到聯考有好多事情要先跟你討
論。

第一． 世界只有你知道，明年的聯考作文題目
　　　是（變）。你絕對不能告訴，任何一個人
　　　包含佳慧。也不用寫的太過於詳細，譬
　　　如變的邏輯或但書，這些你就不用講。
　　　你只要論述自然界裡面，變是有規則、
　　　有次序的。譬如稻子只要依它的規則，
　　　它每年都可以有新的新稻子出來。

第二． 你大學準備選擇什麼科系？

　　康龍：我現在想學機械工程設計，不過還沒
有十分的肯定。爺爺老師請問一下，變化這門
學問，應該屬於哪一個科系的。

　　廟公老師：現在都不屬於哪一個科系，不過
理論來講應該是哲學系。

　　康龍：爺爺老師，如果我轉攻哲學系這樣好
嗎？

廟公老師：現在絕對不行，你應該有聽過，一些
哲學家和科學家他們都說哲學已死。

　　康龍：但是現在很多大學裡面，都還有哲學
系啊。

　　廟公老師：其實會講哲學已死的人，他們都
感慨最近一個世紀，哲學都沒有新的產品出

158

來。也因為以前大家都說，哲學是科學之母。所以哲學就要背著一個使命，要不斷地提供一些新理論給科學使用。如果沒有新的產品，人家難免就提出無用論來批判。

廟公老師：康龍.你有想讓哲學起死回生嗎？

康龍：爺爺老師，你開玩笑了，我哪有那個能力。

廟公老師：秘書老師說，你還批判過王陽明的知行合一理論。

康龍：我只是現買現賣，把螺旋桿型的發展模型改良一下而已。

廟公老師：對！就是利用這個模型再改良一下就可以。

康龍：爺爺.那要怎樣開始下手。

廟公老師笑笑的說：那看你要打我前面，還是打我背後。

康龍一頭霧水想老師在講什麼，突然之間想到，剛才講得太快了，說到要開始下手。

康龍：老師.對不起！對不起！剛才講得太快了。我是要問……

廟公老師立即半舉起右手：是跟你開個玩笑不用緊張。要讓哲學起死回生，要從人類知識發展的歷程來研究。詳細的歷程我們可以放在，掌舵者的第六感，那個論述裡面再來討論。

廟公老師轉頭看了一下康龍，笑笑的說：

你真聰明，會提出這個批判的流程。如果我們把（哲學是科學之母），反過來改為（科學是哲學之母），再推（哲學是新科學之母）；（新科學又是新哲學之母）。這樣哲學不是就活起來了。

嚴格來講哲學不會死，哲學也不能死。人類是不能沒有哲學的，如果沒有了哲學，人類知識發展的大樓，會傾斜歪掉很危險。

康龍：老師這樣是不是很像，知行合一裡面，如果把（知）拿掉，就很像無頭蒼蠅亂飛亂撞，反過來把（行）拿掉，就變成空中閣樓或是一事無成。

廟公老師笑笑的看著康龍：我想不出新的讚美詞句給你。但我們還是先回到哲學批判的問題。其實在西洋的哲學史裡面，一開頭就是提希臘七賢，而七賢之首泰利斯，大家就號稱他為（哲學及科學之祖）；再來是亞里斯多德他的科學成就也是很輝煌；提出我思故我在的笛卡爾他是數學起家；100多年前現象學的胡塞爾，他大學的時候，也是學天文、數學等等。我上面提的這幾個哲學家，他們都有科學方面的邏輯基礎。
所以哲學如果可以加上，自然基礎科學概念的融合，這樣要創造新的哲學可能會比較接地氣。

康龍：老師你講那麼多，要不要先喝一口水。

廟公老師一邊笑一邊拿著水壺：我喝水的時候，你不能講笑話，要不然等一下噴的到處都是。

　　康龍笑笑的用手遮住嘴巴。

　　廟公老師：等你聯考完以後，我們在陸陸續續的完成，下面的一些研究。你要不要把筆記本拿出來寫一下。

　　康龍拿出來筆記本：老師請說。

　　廟公老師：這幾個月來，你跟那麼多的老師，一起所討論出來的變化邏輯，這只是變化的第一部。我們可以把它稱為，變化的（主論系統）。

我們剛才討論，與鄰居之間的相關問題，和個體論或是群體論。這些相關論和個體論的學問總和，我把它稱之為，變化的（助論系統）。這是變化的第二部。

關於第三部就是上個禮拜，我們所講到的領航者的第六感。這個我把它稱之為，變化的（綜合應用系統）。

　　廟公老師又轉頭看著康龍問：你會不會覺得，我學那麼多變化的東西要做什麼啊！

　　康龍點點頭，但是還繼續在整理筆記。

　　廟公老師：你是不是以為，你學機械工程設計，變化邏輯就用不到嗎？你想一下，如果你現在要設計一套機械的工程，各小部門的工程，不會有相互關聯或相關的問題嗎？

161

在綜合應用系統，裡面有創新、飽和、平衡、真空…等等各項問題的討論，這一些機械工程會用不到嗎？

康龍：爺爺老師，你也越講好像越好玩。

廟公老師轉頭有一點憂愁的看著康龍說：但是變化邏輯系統，不是我們這一群老師，想要達到的最完善的終點。

廟公老師停了幾秒鐘不講話。

康龍看老師不講話問：爺爺老師，您所謂的最完善的終點是什麼。

廟公老師：愛的邏輯

康龍並沒有嚇一跳，因為前幾個禮拜，就有聽過這個名詞，正想問老師，這是什麼樣的邏輯。

康龍：爺爺老師.前幾個禮拜，我就有聽過這個名詞，老師的意思是愛可以邏輯化應用化嗎？

廟公老師：對，他不會很難，但就是要先把變化邏輯搞清楚。

康龍：爺爺老師.愛是感性的範疇，它可以用理性去邏輯化嗎？

廟公老師：康龍，你上個禮拜的筆記，最後一句話是什麼。

康龍：不要怕、不要急。

廟公老師：對！不要怕、不要急。我們還有很多的老師，會陪你十幾年。所以你不要怕、不要急。

康龍用很疑惑的眼神問:爺爺老師,可以用一個小案例,來比喻一下嗎?

廟公老師:孔子有沒有說愛。

康龍:有,他講仁愛。

廟公老師微笑的說:我正想問你,他講的愛是什麼愛,你就把答案講出來。那你跟佳慧的愛是什麼愛?

康龍:戀愛。

廟公老師:那(仁愛)跟(戀愛)有沒有一樣?

康龍開始思考愛的邏輯,所以講話變慢:好像有一樣,又好像不太一樣。爺爺老師可以開示一下嗎?

廟公老師:很難用一兩句話,就全部說清楚。不過我們可以,把孔子的仁愛,看成是一種大愛的表現。把兒女私情的戀愛,看成是一種小愛。那同樣是一種愛,只是一個是大、一個是小。那積木堆疊的效應是不是又呈現了,這是不是又有邏輯學問誕生。

廟公老師用很嚴肅而且速度放慢的語氣說:我們期盼(愛的邏輯)可以早日誕生,這樣人類的總體的和平理想,也可以早日來到。

廟公老師轉頭看著康龍,看他眉頭有一點皺皺的。

廟公老師又重複那一句話:康龍.不要急、不要怕。我們這一群老師,會陪伴你 10 幾年

20 年都沒問題。你現在所碰到的障礙就是同心圓發展模式的瓶頸，還記得嗎！用勇氣、用毅力來衝破它。

康龍轉頭眼神還是愁愁，沒講話跟老師點點頭。

廟公老師：還有一件很重要的事，就是為了讓你專心準備聯考，我們明年才會再見面。

康龍早就有預感，分手的日子不遠了，沒想到今天會是，今年的最後一次的見面。

康龍眼神還是一樣，然後轉頭跟老師說：謝謝老師們，這半年多來用心的教導。謝謝！謝謝！

停了幾秒，康龍：爺爺老師，如果我想你的話，可以在這一邊大聲的呼叫（爺爺老師我好想你）。

廟公老師點點頭說：又對了，你只能連續呼叫兩次，如果你連續呼叫三次以上的話，我會以為，你有很重要的事要找我。這個原則你一定要記住，要不然我們會很累。

康龍：爺爺老師，我會記住的。

廟公老師轉頭看著康龍：你也該回家吃飯，我要先走，再見了！

康龍也轉頭看著廟公老師：爺爺老師.再見！

廟公老師站起來離開，走了十幾步。

這時康龍站起來大聲的吼叫：爺爺老師我好想你。

廟公老師回頭笑笑的看著康龍。
康龍也轉身向老師笑笑的揮揮手再見。
康龍看著老師離開的背影數秒鐘，然後坐下來。
約過了 5 分鐘，他握緊拳頭，半舉與肩同高。
然後說：天降重任於斯人也。加油！

如果人類把變化規律的系統

都完整開發出來

這會是人類的危機

還是人類更文明的轉機

轉機與危機的關鍵點在哪裡

請提供你寶貴的見解

白象文化事業有限公司代理經銷

地址：40144 台中市東區和平街 228 巷 44 號

電話：04-22208589

變化邏輯研究會
FB 社團

如一次團購 20 本以上，可邀請作者：吳復國
參與貴單位座談會或講座。詳細細節請先上
變化邏輯研究會 FB 社團　留言

變 的規律與密碼

小說篇

定價　220 元

出版發行:金石光點開發事業有限公司

發行人:林玲仙

地址:台北市中山區吉林路 126 號

電話：(02)2831-7837

作者：吳復國

封面設計：夏慧琪

初版一刷：112 年 2 月

ISBN：978-626-97068-0-8

CIP： 863.57 112000073